Pour Martha, notre sublime Sex Bomb qui lutte contre le cancer

**Un boss perfectionniste.
Une collaboratrice ambitieuse.
Un duel amoureux et torride dans l'univers de l'entreprise.**

« Du sexe torride et une tension brûlante. »
RT Book Reviews

« ... délicieusement érotique... »
EW.com

« La confrontation diaboliquement dépravée d'un porno *hardcore* et d'un épisode très spécial de *The Office*. Un bonheur pour les fétichistes ! »
PerezHilton.com

« Intelligent, sexy et plaisant, le *Beautiful Bastard* de Christina Lauren est destiné à devenir un classique de la littérature amoureuse. »
Tara Sue Me, auteur de *The Submissive*

« Un parfait mélange de sexe, d'audace et de sentiment. »
S.C. Stephens, auteur de *Thoughtless*

« *Beautiful Bastard* allie le cœur et l'érotisme cru à une réjouissante dose de sarcasme. C'est la friandise sexy par excellence pour les lecteurs de romans d'amour et les amateurs d'intrigues intelligentes ! »
Myra McEntire, auteur de *Hourglass*

« *Beautiful Bastard* est le mélange parfait de romance passionnée et d'érotisme. Impossible de le refermer avant d'en avoir lu le tout dernier mot. »
Elena Raines, fan de *Twilight*

Beautiful STRANGER

Un irrésistible séducteur anglais.
Une jolie prodige de la finance décidée à vivre pleinement sa vie.
Une liaison torride et secrète.

« Torride… Si vous aimez les scènes de sexe décrites avec force détails. »
EW.com

« J'ai vraiment adoré *Beautiful Bastard*. Je ne savais pas comment Christina Lauren pourrait imaginer un personnage à la hauteur de Bennett… Elles ont réussi. Max est sexy comme personne. »
Bookalicious

« Ce que j'adore dans le dyptique des *Beautiful* de Christina Lauren, c'est leur humour. En plus des moments torrides et des je t'aime les plus touchants qu'on puisse imaginer. »
Books She Reads

« Quand je dis que *Beautiful Stranger* est torride, c'est que *Beautiful Stranger* est TOOOOOOORRRRRRRIIIIIIIIIDDDDDDDDE !!! Les scènes et les dialogues de ce livre sont les plus chaudes, les plus sexy que j'aie lues de ma vie. »
Live Love Laugh & Read

Gallery Books
A Division of Simon & Schuster, Inc. 1230 Avenue of the Americas
New York, NY 10020

Cet ouvrage est une fiction. Toute référence à des événements historiques, des personnes réelles ou des lieux réels cités n'ont d'autre existence que fictive. Tous les autres noms, personnages, lieux et événements sont le produit de l'imagination de l'auteur, et toute ressemblance avec des personnes, des événements ou des lieux existants ou aillant existé, ne peut être que fortuite.

Titre de l'édition originale : *Beautiful Bombshell*
Copyright © 2013 par Christina Hobbs et Lauren Billings

Tous droits réservés, y compris le droit de reproduction de ce livre ou de quelque citation que ce soit sous n'importe quelle forme.

Première édition en poche de Gallery Books publiée en septembre 2013

GALLERY BOOKS et Colophon sont des marques déposées de Simon & Schuster, Inc.

Couverture : © Mayer George/Shutterstock

Ouvrage dirigé par Isabelle Solal
Direction de collection : Hugues de Saint Vincent
© 2014, Hugo et Compagnie
38, rue La Condamine
75017 Paris
wwwhugoetcie.fr

ISBN : 9782755614046
Dépôt légal : février 2014
Imprimé en France par Corlet, Imprimeur, S.A.
N° imprimeur : 159290

Beautiful
SEX BOMB

Du même auteur Christina Lauren

Beautiful Bastard
Beautiful Stranger
Beautiful Bitch
Beautiful Sex Bomb

À paraître :

Beautiful Player : juin 2014
Beautiful Beginning : août 2014

www.hugoetcie.fr

Beautiful SEXBOMB

CHRISTINA LAUREN

Roman

Traduit de l'anglais (États-Unis)
par Margaux Guyon

Hugo❖Roman

CHAPITRE 1

Bennett Ryan

– J'ai vraiment eu la meilleure idée de la Terre en demandant à Max Stella d'organiser ton enterrement de vie de garçon, lance Henry.

Je jette un coup d'œil à mon frère. Il s'est affalé dans le confortable fauteuil de cuir, une vodka-gin-citron à la main. Il revient d'une session «privée» dans une *back-room* mystérieuse et arbore un sourire radieux. Il me parle sans me regarder tant il est absorbé par la contemplation de trois belles stripteaseuses sur scène qui se déshabillent en dansant sur une musique lente et rythmée.

Je réponds :

– J'espère bien ne pas avoir besoin d'en organiser un second...

– Eh bien, dit Will Sumner, le meilleur ami de Max et son collaborateur le plus proche, en s'approchant d'Henry pour attirer son attention, toi, en revanche, tu pourrais bien avoir à organiser une seconde fête d'enterrement de vie de garçon si ta femme découvre la manière dont tu fricotes avec les danseuses. Vu le lieu, ils ne doivent pas seulement proposer des lap-dances classiques...

L'intéressé fait un geste dédaigneux de la main et réplique :

– C'était seulement une lap-dance. Il me sourit en me faisant un clin d'œil : « Même si c'était une très bonne lap-dance. »

– Qui s'est *bien* terminée ? je demande, partagé entre curiosité et reproche. Henry secoue la tête en riant, puis il sirote une gorgée de sa vodka.

– Pas *si* bien que ça, Ben.

Je connais suffisamment mon frère pour savoir qu'il ne tromperait jamais sa femme, Mina, mais qu'il est bien plus partisan que moi du raisonnement « ce qu'elle ne sait pas ne peut pas la faire souffrir ».

Même si Chloé et moi nous marions seulement en juin, le seul week-end où avec Max, Henry, et Will nous pouvions partir ensemble était le deuxième week-end de février. Nous nous attendions à devoir négocier sérieusement pour que nos compagnes nous laissent partir à Vegas un week-end entier à la Saint-Valentin, mais, comme toujours, elles nous ont surpris : elles ont à peine levé un sourcil avant de décréter qu'elles partiraient, de leur côté, skier à Catskills.

Max a choisi un club haut de gamme pour commencer notre week-end de débauche. On ne serait certainement pas tombés sur cet endroit en

Beautiful SEX BOMB

cherchant sur Internet ou même en nous promenant dans Vegas. Pour être honnête, le Black Heart ne paye pas de mine. Le club est niché dans un immeuble de bureaux sans prétention à deux blocs du Las Vegas Boulevard, toujours embouteillé. Après avoir franchi trois portes verrouillées, bien gardées par des videurs d'à peu près la taille de mon appartement à New York, nous avons découvert dans le ventre de l'immeuble un club distingué où tout est dédié à la sensualité.

L'énorme salle du club comporte de petites plates-formes en hauteur, où se déhanchent des danseuses ne portant que de la lingerie argentée à paillettes. Ces dessous ne manquent pas de me rappeler un de mes souvenirs favoris avec Chloé : une étreinte torride dans la cabine d'essayage de la luxueuse boutique Aubade. Aux quatre coins de la grande pièce se trouvent des bars de marbre noir, chacun spécialisé dans un type d'alcool différent. Henry et moi avons opté pour le bar à vodka, en picorant caviar, saumon et blinis. Max et Will ont foncé vers le whisky. Les autres bars proposent des assortiments de vin et d'alcools forts.

L'ameublement est confortable, tout est recouvert de cuir noir d'une douceur incomparable. Chaque fauteuil est assez large pour deux... au cas où l'un d'entre nous accepterait la proposition d'une danse ailleurs qu'à l'étage principal. Les serveuses portant les plateaux de verres sont habillées de bikinis en latex ou complètement nues. Notre hôtesse, Gia, a commencé la soirée avec une chemise de dentelle rouge, une culotte et des bijoux élaborés dans les cheveux, sur les oreilles, autour du cou. Elle les enlève progressivement, chaque fois qu'elle s'approche pour nous resservir.

Je ne suis pas un habitué de ce genre d'établissement, mais je sens bien que ce n'est pas un club de strip-tease classique. C'est impressionnant, putain.

– La question, s'écrie Henry en interrompant le fil de mes pensées, c'est de savoir quand le futur marié va se voir proposer sa lap-dance.

Autour de moi, les autres renchérissent en chœur en m'encourageant, mais je secoue la tête :

– Je passe mon tour. Les lap-dances, ce n'est vraiment pas mon truc.

– Comment est-il possible qu'une femme extraordinairement sexy, que tu ne connais pas, et qui danse sur tes genoux, ne soit pas ton truc ? demande Henry, les yeux écarquillés d'étonnement. Mon frère et moi n'avons jamais mis les pieds dans aucun club de ce genre pendant nos voyages d'affaires. Je suis aussi surpris par son enthousiasme qu'il l'est par mon aversion : « Est-ce que ton sang est à la bonne température ? »

J'acquiesce.

– Oui. Ce doit être la raison pour laquelle je n'apprécie pas ça.

– Foutaises, lance Max en reposant son verre sur la table et en faisant un signe à quelqu'un dans un coin sombre. C'est la soirée de lancement de ton week-end d'enterrement de vie de garçon, un petit strip est un incontournable.

– Vous serez peut-être surpris de l'apprendre, mais je suis d'accord avec Bennett sur ce coup-là, fait

Beautiful SEX BOMB

Will. Les lap-dances de filles inconnues sont toujours horribles. Où pose-t-on les mains ? Où a-t-on le droit de regarder ? Ce n'est pas comme avec sa petite amie. C'est bien trop impersonnel.

Tandis qu'Henry insiste en répliquant que Will n'a jamais dû connaître l'expérience d'une bonne lap-dance, Max se lève pour parler à un homme qui se tient à côté de notre table, et semble être sorti de nulle part. Il est plus petit que Max – ce qui n'est pas tellement surprenant –, ses tempes sont grisonnantes. La sérénité qui émane de son visage et de son regard donne l'impression qu'il en a beaucoup fait et vu plus encore. Il porte un costume noir, impeccable, ses lèvres minces et serrées dessinent une ligne. Je devine qu'il s'agit du fameux Johnny French dont Max a parlé pendant le vol.

Même si je me doute qu'ils sont en train de me concocter une danse, je les observe de très près – Johnny murmure quelque chose, Max tourne la tête et fixe le mur, le visage fermé. Je peux compter sur les doigts d'une main les fois où j'ai vu Max avoir l'air si peu détendu. Je tends le cou pour tenter de capter leur conversation. Henry et Will, eux, n'y voient que du feu, leur attention est accaparée par les danseuses sur la scène, maintenant nues. Finalement, les épaules de Max se détendent, comme s'il était parvenu à une conclusion, il sourit à Johnny et marmonne : « Merci, mon vieux. »

Après une tape sur l'épaule de Max, Johnny tourne les talons et s'éloigne. Max se rassoit, tend la main vers son verre. J'observe la porte fermée par un rideau noir derrière laquelle Johnny a disparu.

– De quoi avez-vous parlé?

– De la chambre qu'on est en train de te préparer, répond Max.

– Pour *moi*? Je me frappe la poitrine du poing en secouant la tête: «Une fois encore, Max, je te répète que je passe mon tour.»

– Je ne crois pas, non.

– Tu es sérieux?

– Absolument. Il m'a dit que tu devais te diriger vers le fond du couloir... Max pointe du doigt une autre porte: «Et aller jusqu'à la porte sur laquelle est inscrit "Neptune".»

Je râle en m'affalant dans mon fauteuil. Même si ce club semble être un des meilleurs de la ville, sur la liste des choses que j'ai envie de faire ce soir, je classe «voir une danseuse de Vegas se trémousser sur mes genoux» juste avant «manger de mauvais sushis et avoir une intoxication alimentaire».

– Tu vas te lever et t'engager dans le couloir comme un putain de mec et te faire caresser le sexe par une danseuse, un point c'est tout.

Max me dévisage, le regard noir.

– Tu vas arrêter de te foutre de ma gueule? C'est ton putain de *week-end d'enterrement de vie de garçon*. Redeviens le type que tu étais, bordel.

Je me demande bien pourquoi il reste si fermement planté sur son siège alors qu'il m'encourage à quitter le mien.

Beautiful SEX BOMB

– Et toi, Johnny t'a réservé une chambre ? Tu ne vas pas avoir droit à une lap-dance privée ?

Il rit, porte son verre de whisky à ses lèvres :

– C'est une lap-dance, Ben. Pas un rendez-vous chez le dentiste !

– Connard.

Je jette un coup d'œil au liquide clair et épais en levant mon verre. Je savais qu'accepter de jouer le jeu de l'enterrement de vie de garçon m'obligerait à me retrouver dans un lieu où il y aurait des femmes, de l'alcool, probablement des activités à la limite de la légalité... mais Chloé a vécu la même chose. Quand elle m'a dit de m'amuser, il n'y avait pas d'inquiétude ni d'angoisse dans ses yeux. Quand j'y pense, il n'y a pas de raison.

Je porte le verre à mes lèvres, le vide et je peste : « Merde... » avant de me lever et de marcher vers le couloir. Mes compagnons de débauche ont la classe suffisante pour ne pas siffler lorsque je me lève, mais je sens leur regard planté dans mon dos quand je me dirige vers le couloir à gauche de la scène principale.

Juste derrière la porte, la couleur du tapis passe du noir au bleu royal. L'atmosphère est plus lourde que dans le bar principal. Les murs sont tapissés d'un tissu noir velouté, la lumière qui émane de petits cristaux sur le mur suffit tout juste à éclairer le chemin qui se profile devant moi. Des deux côtés du long couloir se trouvent des portes avec le nom des planètes : Mercure, Vénus, Terre... Une fois arrivé devant la porte Neptune, j'hésite. La danseuse est-elle déjà à l'intérieur? Y aura-t-il un fauteuil pour moi ou, pire, un *lit*?

La porte richement ornée est lourde, comme si elle sortait d'un château ou d'une sorte de donjon gothique et angoissant. *Max, putain.* Je tressaille en tournant le verrou. Je soupire de soulagement quand je réalise qu'il n'y a ni croix de fer ni menottes, et personne à l'intérieur, seulement un fauteuil sur lequel est posée une petite boîte argentée. Une carte blanche y est attachée avec un ruban de soie rouge. Les mots *«Bennett Ryan»* y sont inscrits.

Génial. La danseuse de Vegas connaît mon nom. Bordel de merde.

À l'intérieur de la boîte se trouvent un bandeau en satin noir pour les yeux et un morceau de papier épais avec, écrit à l'encre noire: *Bande-toi les yeux.*

On me demande de me bander les yeux avant une lap-dance? Quel intérêt? Même si je n'ai aucune envie qu'on me fasse une lap-dance ce soir, je sais comment ces choses-là fonctionnent. À moins que le concept ait changé ces dernières années, une lap-dance est faite pour les yeux, pas pour les mains. Qu'est-ce que je suis censé faire les yeux bandés quand elle entrera, putain? Je suis certain de ne pas avoir envie de la toucher!

J'ignore le morceau de tissu posé sur la chaise. Je contemple le mur. Les minutes s'égrainent, il n'est toujours pas question que je me bande les yeux tout seul dans cette pièce.

Je sens l'irritation monter en moi. Comme un rugissement, une vague, une allumette qui craque.

Beautiful SEX BOMB

Je ferme les yeux, prends trois grandes inspirations avant d'examiner plus attentivement ce qui m'entoure. Les murs sont gris clair, le fauteuil d'un bleu mat. La pièce ressemble davantage à la cabine d'essayage d'un magasin de luxe qu'à une chambre où tout est fait pour que les hommes profitent de la danse mais aussi de la danseuse, j'en suis *persuadé*. Ma main effleure le cuir rembourré du fauteuil, je remarque alors la deuxième carte qui se cache derrière le bandeau, dans la boîte, sur laquelle est inscrit de la même écriture:

Mets ce putain de bandeau, Ben, ne fais pas ta chochotte.

Je ronchonne en prenant le morceau de tissu noir pour le mettre. J'hésite, le temps d'un battement de cils, avant de le positionner sur mes yeux. Je suis déjà en train de réfléchir à ma vengeance. Max me connaît mieux que quiconque, exception faite de ma famille, il sait à quel point la fidélité et le contrôle sont des valeurs importantes pour moi. M'obliger à aller dans cette pièce et à me bander les yeux sans connaître la suite! Quel *connard* de merde.

Je me penche vers le mur et j'attends, seul et ennuyé. Mes oreilles discernent des bruits auxquels je n'avais pas prêté attention jusque-là: le rythme de la musique dans d'autres pièces, les portes s'ouvrant et se refermant avec des cliquètements lourds. Et puis, j'entends la poignée tourner, la porte s'ouvre, je le devine au bruit du bois qui frotte contre le tapis.

Mon cœur bat la chamade.

Une bouffée d'un parfum inconnu me parvient. Mon corps se raidit inconfortablement. Je flaire la danseuse mais, à part son odeur, je ne sais rien. Je déteste l'idée d'être incapable de savoir ce qui s'approche de moi. Elle se trouve près du mur : j'entends un bruissement de tissu, un petit clic. Une musique calme et rythmée envahit la pièce.

Des mains chaudes et douces prennent mes poignets et les placent avec douceur mais fermeté sur les bras du fauteuil.

Pas le droit de toucher ? Pas de problème, putain.

Je reste immobile, elle glisse sur moi, son haleine a une odeur de cannelle, ses hanches frôlent mes genoux, ses mains s'appuient contre ma poitrine. Voilà donc comment cela va se passer : je garde les yeux bandés, elle danse sur moi et puis je m'en vais ? Je me détends légèrement. La danseuse bouge sur moi, ses hanches coulissent sur mes cuisses, ses mains caressent gentiment ma poitrine. Je sens suffisamment bien son corps pour que le fait de porter un bandeau ne soit pas totalement absurde. Mais si j'avais été homme à apprécier ce genre de choses, qu'on m'empêche de regarder m'aurait été désagréable.

Peut-être Max savait-il que ce serait pour moi la seule manière de rendre cette expérience supportable ? Dans ces conditions, j'adoucirai (peut-être un peu) la vengeance que je lui prépare !

La danseuse se déhanche sur moi, sa respiration chaude et douce passe dans mon cou, et même si ce n'est pas déplaisant en soi, la situation devient vite

Beautiful SEX BOMB

bizarre. Ma peur initiale de devoir la regarder, lui sourire, d'avoir l'air d'être ici par ma propre volonté disparaît. Je réalise qu'en fait, cette danse ne lui procure pas plus de plaisir qu'à moi. Elle fait certainement ça pour l'argent. Sous mon bandeau, je n'ai pas même besoin de simuler le plaisir. Je me concentre sur les paroles de la chanson que je n'ai jamais entendue, mais elle est facile à retenir. Le reste de ma tension s'évacue au moment où la musique faiblit. Sur moi, la pauvre fille ralentit, ses mains se posent sur mes épaules.

Quand le silence se fait, je ne perçois plus dans la pièce que la respiration saccadée de la danseuse.

Va-t-elle partir? Dois-je dire quelque chose?

Mon estomac se tord, je suis effrayé. C'est peut-être maintenant seulement que le spectacle commence vraiment?

– Bonjour, Monsieur Ryan.

Son souffle est chaud à mon oreille. Cette voix me rend perplexe, mon corps entier se contracte. *Que se passe-t-il, bordel?* Je ramène mes poings serrés sur mes hanches.

– C'est absolument incroyable que je me sois ingéniée à danser de manière aussi sexy et que vous ne bandiez même pas un petit peu. Elle se penche en avant, m'embrasse dans le cou en frottant son entrejambe à ma queue: «Eh bien, glousse-t-elle, voilà chose faite.»

Chloé Mills. Putain.

Des réactions contradictoires envahissent mon esprit: soulagement et colère, choc et malaise.

Mais pour une fois, je parviens à faire ce que j'ai appris au contact du monde du travail : *masquer sa réaction à froid si elle ne convient pas à la situation. S'en forger une autre ensuite.* Chloé est là, à Vegas, elle n'est pas en train de skier à Catskills, bordel, et elle m'a trouvé ici les yeux bandés, attendant qu'une danseuse fasse exactement ce qu'elle vient de faire : danser sur mes cuisses, se frotter à ma queue.

Mais elle a raison : pour une fois, je n'ai été excité à aucun moment. J'ai envie d'ôter mon bandeau pour triompher ouvertement mais j'hésite, n'étant pas sûr de ce qu'elle a prévu pour la suite.

Je compte jusqu'à dix avant de demander :

– C'était une sorte de test ?

Elle s'approche et embrasse mon lobe d'oreille :

– Non.

Je ne vais quand même pas expliquer pourquoi je suis dans cette pièce, je n'ai rien fait de mal. Pourtant, un étrange combat intérieur se livre en moi : ce qu'elle a fait m'excite, le piège qu'elle m'a tendu m'énerve.

– Tu vas avoir de sérieux ennuis, Mills.

Elle appuie un doigt sur mes lèvres avant de le coincer entre nos deux bouches par un baiser rapide.

– Je suis seulement contente d'avoir raison. Max me doit cinquante dollars. Je lui ai dit que tu détesterais qu'une inconnue te fasse une lap-dance. Ta limite, c'est l'infidélité. J'avale ma salive en acquiesçant : «J'ai utilisé tous mes trucs mais *rien*. Pas même un tressaillement là-dedans. J'espère vraiment que tu ne savais pas que c'était moi ou... pour être honnête, je serais vexée.»

Beautiful SEX BOMB

Je secoue la tête en murmurant :

– Non. Le parfum... ça ne pouvait pas être toi. Tu détestes la cannelle et le chewing gum. Et je ne pouvais ni te voir ni te toucher.

– Tu peux maintenant, répond-elle en plaçant mes mains sur ses cuisses nues.

Je remonte vers son entrejambe et sens des petites pierres incrustées sur ses dessous. *Qu'est-ce qu'elle porte ?* Je rêve de retirer le bandeau mais comme elle ne l'a pas fait, je devine que je dois attendre.

Je caresse ses cuisses, ses mollets et, tout à coup, je n'ai plus qu'une idée en tête : la baiser dans cette pièce au milieu de ce club de Vegas plus ou moins légal. Je suis soulagé que Chloé soit ici avec moi, plutôt qu'une inconnue, assise sur mes genoux. Une décharge d'adrénaline parcourt mes veines.

– Vous avez le droit de me baiser dans cette chambre, Mademoiselle Mills.

Elle se penche en avant, embrasse ma joue.

– Hmmm... peut-être. Tu veux une deuxième chance d'apprécier la danse, pour commencer ?

Je hoche la tête en respirant profondément quand elle retire le bandeau pour me montrer sa... *tenue.* Bien que Chloé collectionne depuis que je la connais, les plus affriolantes parures Aubade qui soient, ce soir... elle s'est surpassée. Elle porte un petit soutien-gorge attaché avec de minuscules bretelles de satin sur ses épaules, entièrement fait de pierres précieuses qui tiennent grâce à une mince étendue de soie. Sa culotte est tout aussi fragile, encore plus fascinante.

Les rubans de satin sur les côtés m'invitent à les défaire, pas à les détruire.

Je passe un doigt sur sa poitrine, elle susurre :

– Tu aimes ma nouvelle lingerie ?

Je fixe les petites pierres qui décorent sa peau, d'un vert brillant, elles scintillent comme des diamants. Elle est une œuvre d'art vivante, putain.

– Ils feront l'affaire, fais-je en me penchant pour embrasser ses seins. Éventuellement.

– Tu as envie de me caresser ?

J'acquiesce encore, en levant les yeux vers son visage. Je sens les siens s'assombrir, comme toujours quand elle me regarde de la sorte, désireuse et incertaine.

Elle sourit, se lèche les lèvres.

– T'envoyer ici n'était pas un test. Mais... continue-t-elle, les yeux fixés sur ma bouche, tu as bien voulu te rendre dans une chambre en t'attendant à ce qu'une inconnue danse pour toi. Tu as mis le bandeau, n'importe quelle autre femme aurait pu entrer ici et toucher ce qui est à moi. Elle hoche la tête en me scrutant : « Je pense que je mérite peut-être une petite friandise... »

Bordel, oui.

– Je suis d'accord.

– Et les règles étant ce qu'elles sont... Elle fait un signe de tête vers une petite pancarte sur le mur spécifiant que les hommes qui violent les danseuses seront sans plus de cérémonies sortis du club par la peau du cul et balancés par-dessus le Barrage Hoover : « Tu n'as pas le droit de me toucher librement. »

Beautiful SEX BOMB

Je ne suis pas sûr de comprendre ce qu'elle veut dire par « librement ». Je suis coincé sous elle. Je laisse retomber mes mains sur ses cuisses, en attendant les instructions. Le corps tendu, je suis prêt à lui faire tout ce qu'elle voudra. Elle n'a qu'à me dire ce qu'elle désire et ses sous-vêtements seront balancés, intacts, dans un coin lointain de la chambre, et mon pantalon se retrouvera sur mes chevilles.

Elle se lève, marche vers le mur et remet la musique.

Je suis vraiment un connard chanceux, putain. Ma copine est la fille la plus sexy de l'univers. Je la regarde revenir vers moi, la bouche entrouverte.

Chloé grimpe à califourchon sur mes cuisses :

– Enlève ma culotte.

Je défais les nœuds délicats de chaque côté et retire la culotte avec douceur, avant de la lancer sur le côté.

– Maintenant, pose ta main sur ta cuisse, la paume en l'air et lève le nombre de doigts sur lesquels tu veux que je m'empale, chuchote-t-elle.

Je cligne des yeux. « *Quoi ?* »

Elle rit en se mordant les lèvres avant de répéter très lentement :

– *Pose* ta main sur ta cuisse, la paume en l'air, et relève le nombre de *doigts* sur lesquels tu veux que je *m'empale.*

Est-elle sérieuse ? Sans la quitter des yeux, je glisse ma main sur ma jambe, la paume en l'air et tends mon majeur :

– Voilà.

Elle regarde vers le bas et glousse.

– C'est un bon choix, mais je mérite peut-être un doigt supplémentaire. Je voudrais quelque chose qui se rapproche un peu plus de ta queue.

– Tu vas vraiment baiser mes *doigts* ? Ma queue est prête à l'emploi, ce n'est pas comme si tu ne savais pas que c'est la meilleure option pour nous deux.

– Tu devais n'avoir droit qu'à une lap-dance par une danseuse de Las Vegas, réplique-t-elle, les sourcils relevés. Ta bite n'avait pas l'air de se sentir concernée il y a cinq minutes.

Je soupire, ferme les yeux et tends trois doigts.

– Tu es tellement généreux, murmure-t-elle en relevant les cuisses et en se laissant glisser sur mes doigts rigides. Tu feras un excellent mari si tu continues comme ça.

– Chlo... maugrée-je en ouvrant les yeux pour la regarder descendre lentement sur mes doigts.

Elle est déjà mouillée, je la contemple, nue à l'exception de son minuscule soutien-gorge. Ses cuisses soyeuses sont écartées et frottent contre le tissu noir de mon pantalon.

Elle entoure mon cou de ses bras et commence à bouger sur moi, elle se relève et dessine des cercles avec ses hanches en descendant et en frottant son clitoris sur ma main. Encore, encore et encore. Je la pénètre des doigts, pour mieux la sentir. J'ai l'impression qu'elle est partout dans la chambre, je distingue chacun de ses petits gémissements. La sueur perle entre ses seins, sa peau luit. Hors de question

Beautiful SEX BOMB

d'admettre à quel point j'adore la voir utiliser mon corps pour son propre plaisir.

– Tu es excitante, putain, je marmonne en appréciant le poids de ses bras sur mes épaules. La voir me donne des envies sauvages, je suis certain que je pourrais jouir si elle se baissait un tout petit peu plus, si elle frottait ses cuisses contre ma queue enfermée dans mes vêtements : « Je vais sortir d'ici avec une érection durable et une odeur de chatte. »

Elle chuchote, mes doigts enfoncés en elle :

– M'en fous.

Et pourtant, je remarque que ses seins pointent légèrement dans son petit soutien-gorge. Elle sait à quel point je bande dur, et elle ne s'en fout *pas du tout.*

Chloé gémit quand j'enroule mes doigts et pose mon autre main sur le bas de son dos pour guider ses hanches. Je presse mon pouce sur son clitoris, je suis sur le point de m'effondrer rien qu'à la regarder. Autour de mes doigts, son corps ondule, se contracte. Même dans une chambre aussi étrange avec Dieu seul sait quoi en train de se dérouler autour de nous, je peux la faire jouir en quelques minutes. Elle est une telle contradiction vivante : généreuse et excitante, sérieuse et faussement effarouchée. « Tu es train de me *détruire,* Chlo. »

– Tu sens que je suis tout près ?

Nous ne nous quittons pas des yeux, je remonte la main sur sa hanche pour caresser ses côtes du bout des doigts.

Je gémis :

– Ouais.

– Ça te fait toujours autant d'effet ? De savoir qu'il suffit de quelques minutes...

J'acquiesce et ma main remonte plus haut, jusqu'à son épaule, son cou. Mes doigts s'arrêtent sur sa veine jugulaire où ils s'immobilisent pour sentir son rythme cardiaque s'accélérer quand elle jouit.

– J'aime l'idée que personne ne te fait mouiller autant que moi.

Ses yeux de miel brun s'assombrissent, se remplissent de désir.

– Je pense que je te maltraite autant parce que j'ai besoin de savoir que tu me désires à chaque seconde. Tu es la seule personne à qui j'aie jamais appartenu comme ça.

Le mot «appartenir» déclenche une étincelle dans ma poitrine et un désir que je ne peux plus retenir. Ses lèvres sont si proches des miennes, l'odeur de cannelle de son haleine, le parfum inconnu... elle est allée si loin pour me piéger... C'est comme si elle répandait un bidon d'essence sur une flamme. Je vacille, en perdant la tête : je l'embrasse avec rage, comme pour la punir de m'avoir privé de son goût, de la sensation d'être en elle.

Elle s'éloigne pour reprendre son souffle :

– Tu veux m'entendre crier ?

– Je veux que le club entier t'entende crier.

Ses mains plongent dans mes cheveux, ses hanches s'affaissent, en enserrant mes doigts profondément en elle, alors qu'elle se secoue violemment sur mes doigts.

Beautiful SEX BOMB

«Oh mon Dieu.» Elle mord sa lèvre inférieure, se cambre et je me penche pour embrasser, mordre, *m'approprier* son cou et ses battements de cœur.

Je sens les pulsations contre mes lèvres et chacun de ses soupirs quand elle halète, en se tendant sur moi, autour de moi, quand elle jouit. Elle crie mon nom. Sa voix est rauque, elle vibre le long de ma langue, pressée contre sa gorge.

Chloé s'immobilise, son corps s'effondre sur le mien, rassasié, mou, elle relève ses deux mains vers mon cou. Ses pouces appuient légèrement sur les points où l'on sent les battements de mon cœur. Elle embrasse ma lèvre inférieure avant de la mordre, sauvagement. Je lâche un grognement surpris, une seconde j'ai cru que cette morsure allait me faire jouir dans mon pantalon.

– Ça... halète-t-elle en s'éloignant de moi, c'était *incroyable.*

Elle se retire avec précaution de mes doigts, se relève sur ses jambes tremblantes. Je me penche pour embrasser la peau trempée entre ses seins et pose sa main sur mon gland, à travers mon pantalon.

– Tu es tellement belle quand tu jouis, Chlo, putain. Regarde comme tu me fais bander.

Elle resserre sa prise, me branle lentement.

Mes yeux se ferment, je supplie :

– Mets-toi à genoux maintenant. Prends-moi dans ta bouche.

Mais, à mon grand dam, elle retire sa main et se dirige vers le coin de la chambre pour récupérer sa culotte.

– Tu fais quoi, là ? dis-je d'une voix éraillée.

Elle rattache les petits rubans de soie sur chaque hanche et attrape le peignoir qui pend à un crochet au mur. Elle le passe sur ses épaules et me sourit :

– Tout va bien ?

Je lui rends son regard plat :

– Tu es sérieuse ?

Elle revient vers moi, porte ma main gauche à sa bouche, glissant mon annulaire entre ses lèvres, toujours plus profondément, le massant de sa langue douce. Puis elle me le rend avec un clin d'œil, en chuchotant : « Je suis sérieuse. »

Mes bras se mettent à trembler, je sens ma queue se tendre en pensant à sa bouche et au trop court moment où elle m'a sucé.

– Alors non, Chloé, ça ne va pas. Pas du tout.

– Moi, je suis *d'excellente* humeur. J'espère que tu apprécieras le reste de ta soirée d'enterrement de vie de garçon.

Je m'appuie sur le mur, en la regardant nouer la ceinture du peignoir autour de sa taille. Ma peau est brûlante, fiévreuse, elle me démange. Chloé me scrute en se rhabillant, se délectant de ma frustration.

Je lutte pour masquer mes sentiments et décide de faire comme si tout allait bien. Crier ne ferait qu'accentuer son plaisir. Le détachement froid marche toujours mieux quand Chloé joue à la garce comme ça. Mais quand mes sourcils se détendent, elle se met à rire, pas le moins surprise du monde.

Beautiful SEX BOMB

– Tu fais quoi après ça ? Je n'avais même pas pensé à ce qu'elle ferait quand elle partirait. Prend-elle un avion pour rentrer à la maison ?

Elle hausse les épaules et lâche :

– Sais pas. Dîner. Peut-être un spectacle.

– Attends. Tu es ici avec quelqu'un ? Elle me toise en plissant les lèvres et en haussant les épaules : « Putain Chloé. Dis-moi au moins où tu dors ? »

Elle me scrute de haut en bas, s'éternisant sur la bosse de mon pantalon avant de sourire : « Dans un *hôtel.* » Elle se redresse, les sourcils relevés, elle lâche : « Oh ! et joyeuse Saint-Valentin, M. Ryan. »

Sur ce, elle quitte la pièce et s'engouffre dans le couloir.

CHAPITRE 2

Max Stella

Bennett Ryan semble sur le point de dégobiller son déjeuner sur la table.

– Je passe mon tour. Les lap-dances, ce n'est vraiment pas mon truc.

Son frère Henry se penche vers la table, horrifié :

– Comment est-il possible qu'une femme que tu ne connais pas, extraordinairement sexy, et qui danse sur tes genoux, ne soit pas ton truc ? Est-ce que ton sang est à la bonne température ?

Bennett murmure une excuse, je ne peux pas le blâmer parce que, putain, il est hors de question qu'une gonzesse inconnue me grimpe sur la queue. Mais il n'a aucune idée de ce qui l'attend. Je dois l'obliger à se lever de ce maudit fauteuil et le convaincre d'aller dans la chambre privée pour que cette soirée commence pour de bon.

– Foutaises, lui dis-je en faisant un signe à Johnny qui attend près du couloir privé. C'est ta soirée d'enterrement de vie de garçon, un petit strip est un incontournable.

Johnny lève le menton dans un signe d'intelligence et termine sa conversation avec l'agent de sécurité avant de se frayer un chemin dans la pièce, en prenant son temps, bordel de Dieu. Chaque seconde attise mon impatience. Plus Johnny met de temps à se ramener ici et plus il sera difficile de convaincre Bennett de prendre son courage à deux mains et d'ouvrir la danse, plus long sera le laps de temps qui me sépare de Sara.

Arrivé près de moi, Johnny me lance un sourire entendu :

– Salut Max, comment pourrais-je me rendre utile ?

– Je pense que nous sommes prêts à commencer les festivités.

Johnny plonge une main dans sa poche :

– Chloé est dans la chambre Neptune. Au fond du Couloir Bleu, à gauche de la scène.

Je hoche la tête, attendant qu'il continue. Comme il ne me donne pas d'autre information, je souffle :

– Et Sara ?

– Elle est dans la Chambre Verte, au fond du Couloir Noir. À *droite* de la scène. Dans la position qu'elle a spécifiquement demandée.

Je m'arrête, serrant mon poing dans ma poche.

– Elle vous a demandé de la *mettre en position* ?

Qu'est-ce qu'il veut dire par là, *bordel* ?

– Juste un petit ruban par-ci, un petit ruban par-là...

Johnny me dévisage, un leger sourire trahit son amusement devant ma réaction.

Beautiful SEX BOMB

J'observe autour de moi, dans la salle sombre, les quelques clients assis sur des canapés de cuir noir ou appuyés contre le bar de granite gris brillant. Je sens mon rythme cardiaque s'accélérer, mes dents se serrer et mon regard s'assombrir.

Je suis partagé; curieux d'observer la manière dont leur confiance mutuelle a progressé, j'ai en même temps besoin de savoir ce qu'il a vu et *où* il l'a touchée. Chaque fois que Sara a été attachée au Red Moon, je m'en suis occupé moi-même.

– Elle vous a laissé la toucher? Johnny me scrute, son sourire s'élargit, il fait claquer ses talons. «Ouep.»

Il reste impassible malgré mon regard de feu. Il me laisse surfer sur la bouffée de jalousie brûlante, en sachant que je suis, au-delà de ça, rempli de gratitude à son égard. Ces neuf derniers mois, Johnny a tant fait pour nous... Malgré ma colère, je sais que ce n'est pas une petite faveur de laisser Chloé et Sara occuper les chambres très prisées de ce club.

Je lui jette un dernier regard avant de sourire:

– Très bien. Merci, mon vieux.

Johnny me donne une tape sur l'épaule, fait un signe de la tête à quelqu'un derrière moi et murmure:

– Amusez-vous bien ce soir, Max. Vous avez une heure avant que le prochain show commence dans la Chambre Verte.

Sur ce, il tourne les talons et retourne dans le Couloir Noir, celui où je trouverai Sara *en position* avec des *rubans*.

Je sens un désir frénétique naître dans ma poitrine.

Un désir qui m'étouffe, le genre de sensations que je ressens au début d'un match de rugby... mais plus profondément en moi et *partout*. De ma poitrine jusqu'à l'extrémité de chacun de mes membres. De la chaleur bat dans mes doigts. Je veux la rejoindre, lui faire ce pour quoi elle m'a supplié de venir à Vegas.

Quand j'ai dit à Sara que le seul week-end où nous étions libres pour l'enterrement de vie de garçon de Bennett était le week-end de la Saint-Valentin, sa première réaction a été d'éclater de rire et de me rappeler qu'elle détestait la Saint-Valentin. Andy foirait toujours, a-t-elle dit. J'étais secrètement soulagé qu'elle n'en fasse pas tout un plat. Nous célébrons le bonheur d'être ensemble presque tous les soirs dans mon lit, putain, et encore *davantage* chaque mercredi dans notre chambre du Red Moon. La Saint-Valentin n'est qu'un jour du calendrier comme un autre quand on y réfléchit bien.

Mais la deuxième réaction de Sara, définitive celle-là, a été de se rapprocher, de me caresser la poitrine et de me demander si elle pouvait venir, elle aussi. « Je promets que je ne ficherai pas en l'air le reste de la fête, a-t-elle murmuré, les yeux grands ouverts avec, dans le regard, un mélange mystérieux de luxure et d'incertitude. Le week-end d'enterrement de vie de garçon peut se dérouler comme prévu, je voudrais seulement qu'on s'amuse tous les deux au Black Heart, juste une fois. »

Avant de répondre, je me suis penché pour l'embrasser. Ce baiser s'est transformé quand ses mains

Beautiful SEX BOMB

ont plongé dans mes cheveux et quand ma bouche a mordillé ses seins. On a baisé sauvagement sur le comptoir de la cuisine. Ensuite, je me suis effondré sur elle, haletant, contre la peau humide de son cou : « Putain oui, tu peux venir à Vegas. »

Après avoir retrouvé un visage serein, je me rassois. Je sens les yeux de Bennett fixés sur moi quand j'attrape mon verre.

– De quoi avez-vous discuté ? demande-t-il en regardant Johnny disparaître derrière le rideau noir.

– De la chambre qu'on est en train de te préparer.

– Pour *moi* ? Il se frappe la poitrine du poing en se préparant à résister : « Une fois encore, Max, je passe mon tour. »

Je marmonne en le regardant, l'œil caustique :

– Je ne crois pas, non.

– Tu es sérieux ?

J'argumente encore un peu avant qu'il cède.

– Va te faire foutre.

Il pose son verre, se relève d'un bond de son fauteuil et marche d'un pas déterminé vers le couloir.

Je ne peux pas l'imiter et me lever à mon tour. Le prénom de Sara fait écho à chacun de mes battements de cœur. Mon amour pour elle est si puissant qu'il est étonnant que ce week-end ne soit pas également celui de l'enterrement de ma vie de garçon. Le nombre de fois où j'ai voulu lui faire ma demande confine à l'absurde. Je sais qu'elle doit le voir inscrit sur mon visage : ce moment où je commence à la supplier de partir en week-end avec moi, d'emménager dans mon appartement, de m'épouser... avant de me raviser. Elle ne manque jamais de me demander ce que je voulais dire et je lui dis qu'elle est belle au lieu de lâcher les mots : « *Je ne me sentirai pas bien tant que nous ne serons pas mariés.* »

Je dois souvent me rappeler que cela ne fait que six mois – presque neuf en comptant nos arrangements initiaux –, et que le sujet du mariage est sensible pour Sara. Elle a gardé son appartement, mais franchement, je ne comprends pas pourquoi.

Pendant les deux premiers mois qui ont suivi notre réconciliation, nous avons partagé notre temps entre les deux appartements, mais mon appartement est plus grand, mieux meublé, ma chambre a une meilleure lumière pour les photos. Très vite, elle s'est retrouvée dans mon lit tous les soirs de la semaine. Elle pourrait être à moi pour toujours, mais – putain – je dois me rappeler qu'il ne faut pas précipiter les choses.

Quelques minutes après le départ de Bennett, je pose mon verre sur la table et jette un regard à Will et Henry.

– Les amis, je vous laisse, le temps qu'une fabuleuse gonzesse de Vegas danse sur mes genoux.

Ils détournent à peine leur attention des danseuses qui évoluent sur la scène. Je sais que je peux quitter la pièce sans même qu'ils pensent à regarder de quel côté je me dirige.

Le couloir situé à gauche de la scène, dont les chambres portent des noms de planètes, correspond

Beautiful SEX BOMB

à celui des chambres privées. Celui des lap-dances, du genre de celle de Bennett. Si ce n'était pas Chloé qui l'exécutait, il est bien évident que celle-ci n'aurait aucun intérêt.

Mais les chambres situées à droite de la scène, distinguées par des noms de couleurs, sont destinées à tout autre chose. Personne ne peut pénétrer dans celles qui sont réservées pour les employés du club et pour une partie très sélecte de la clientèle. La section interdite d'accès est destinée aux clients qui payent pour avoir le privilège de regarder les autres faire l'amour. À l'instar du Red Moon à New York, le Black Heart de Vegas rassemble une foule de voyeurs riches et passionnés.

Comme je m'y attendais, aucun de mes potes ne m'observe quand je me lève et m'éloigne derrière les fauteuils de cuir, près de la scène, pour atteindre le fond de la pièce et marcher jusqu'au mur latéral. Même s'ils ne regardent pas dans ma direction, je n'ai aucune envie qu'ils me surprennent en train d'entrer dans le couloir privé.

Je marche le long du mur du fond, où se tient un homme de ma taille. Il est en costume et porte une oreillette. Il ouvre le lourd cordon de soie pour me laisser passer derrière l'épais rideau de velours.

J'ai accès à tout. Aucun de mes partenaires de jeu n'a le droit de pénétrer ici, quels que soient l'influence ou le bagout des frères Ryan... J'ai fait promettre à Johnny qu'ils ne pourraient pas tomber par hasard sur Sara.

Je suis allé au Red Moon tellement de fois que je n'ai pas besoin de regarder à l'intérieur des autres chambres pour savoir ce que j'y trouverai.

Dans la Chambre Rouge, une femme nue est fouettée par un homme pendant qu'un autre fait couler de la cire brûlante sur sa poitrine.

Dans la Chambre Blanche, la main d'un homme est en train de disparaître dans le sexe d'une femme allongée, les jambes écartées, sur une table.

Dans la Chambre Rose, un coup d'œil me suffit pour distinguer trois femmes en train de faire l'amour au même homme.

Le tapis épais amortit le bruit de mes pas. Ici, contrairement au Red Moon, les fenêtres donnant sur l'intérieur de chaque chambre sont plus petites mais plus nombreuses. Ce qui donne l'impression d'un spectacle différent à chacune d'elles, un point de vue différent sur la même scène – pour le plus grand bonheur des voyeurs. J'ai appris au cours de ces derniers mois que les performers – quand ils sont fétichistes ou aventureux – ne renvoient au public que de la luxure pure. Ce qui est parfait pour Johnny : la plupart des clients veulent être témoins d'actes sexuels extrêmes, de choses qu'ils ne trouveront pas à la télévision ou – bien sûr – encore moins dans leur propre chambre à coucher.

Mais il y a quelques inconnus réguliers du Red Moon qui viennent spécifiquement les mercredi pour me regarder avec Sara. Nos nuits là-bas sont plus importantes que tout le reste, le travail, les amis, la

Beautiful SEX BOMB

famille; le Red Moon nous permet d'exprimer un plaisir que nous partageons. Ces derniers mois, nous avons fini par assumer pleinement notre passion commune de l'exhibitionnisme, en en discutant pendant des heures, dans son lit ou dans le mien.

Personne ne se trouve devant notre chambre quand je m'approche. Je m'y glisse sans être remarqué. Comme je m'y attendais, la porte de la Chambre Verte n'est pas verrouillée. Aucun des clients ici, à part moi, n'oserait toucher les poignées des portes dans l'un des clubs de Johnny.

C'est une petite chambre qui ressemble aux autres, mais vide, à l'exception de deux accessoires : une chaise métallique banale et une table. Le décor dénudé signifie que toute mon attention – et celle de quiconque dans le couloir – sera concentrée sur la femme installée sur la table.

Elle a les yeux bandés. Son cul à la courbe parfaite est relevé en l'air. Son dos est droit, détendu. Quand la porte cliquète en se refermant derrière moi, elle se mord la lèvre inférieure, je vois un frisson lui traverser tout le corps.

– C'est moi, princesse.

Ces mots étaient superflus. Je vois, à la manière dont elle a réagi, qu'elle savait que c'était moi, mais j'avais envie de la rassurer dans tous les cas. Elle a l'air si détendue, la tête tournée sur le côté, la joue contre la table. Je prends un moment pour la détailler.

Ses chevilles ont été attachées aux pieds de la table, en écartant assez ses jambes pour que je puisse la prendre comme je le souhaiterai. Elle est penchée en avant, ses mains sont attachées de manière lâche dans son dos avec le ruban que Johnny a mentionné. Sa peau est soyeuse, sans un défaut, sa bouche brillante est légèrement entrouverte. Je m'attarde une fois de plus sur son corps, et comme si elle sentait mon regard, elle remonte un peu les fesses.

Je m'approche d'elle, passe la main sur ses omoplates. Elle sursaute un peu, en gémissant de plaisir, quand ma main glisse le long de sa colonne vertébrale et sur les courbes de son corps.

– Tu es *magnifique,* chérie.

– Ta main est froide, murmure-t-elle. C'est tellement bon.

En effet, sa peau à elle est brûlante. J'imagine qu'elle est en train de bouillir d'excitation, à l'idée de ne pas savoir quand j'arriverai, de ne pas savoir qui pourrait la regarder avant mon arrivée. Je passe un doigt sur son cul, puis plus bas, vers sa source de chaleur. Elle est déjà trempée. Ma queue durcit rien qu'à la regarder et à sentir son plaisir sur mes doigts. Quand j'en glisse deux en elle, elle remue sur la table et je suis rassuré de voir que Johnny ne l'a pas attachée serré.

Sara a rencontré Johnny à la lumière du jour peu après être revenue vers moi, en août dernier. Même s'ils s'étaient brièvement croisés après notre première nuit au club, Sara voulait le voir dans un autre contexte : elle m'avait dit qu'elle se sentirait plus à l'aise avec ce que l'on faisait si elle pouvait parler avec l'homme qui était derrière tout ça. On l'avait retrouvé pour prendre un café à Brooklyn. Johnny – comme nous tous – avait été conquis quand Sara s'était penchée vers lui pour l'embrasser sur la joue en le remerciant ouvertement pour tout ce qu'il avait fait pour nous.

Ils se sont tout de suite compris. Il l'a devinée la première fois où il l'a vue, alors que je pensais être le seul à pouvoir la comprendre. Il est devenu fou d'elle, très protecteur et – comme ce soir – le seul homme à part moi à avoir le droit de la toucher. La confiance qu'elle lui a donnée est également un gage de sa confiance en moi.

Je contemple le contraste entre son corps crème et les rubans rouges autour de ses poignets et de ses chevilles, la ligne de force souple de sa colonne vertébrale. Ma poitrine se serre, une douleur profonde darde tant qu'au moment où je me mets à parler, ma voix s'étrangle dans ma gorge:

– Depuis combien de temps es-tu comme ça?

Elle hausse les épaules.

– Johnny est parti il y a environ dix minutes. Il a dit que tu arriverais bientôt.

– Et me voilà, dis-je en me penchant pour embrasser son épaule.

– Te voilà.

– M'attendre n'a pas été trop pénible?

Elle se lèche les lèvres avant de répondre: «Non.»

– Il y a des gens dans la chambre d'à-côté, lui dis-je en embrassant son dos. J'imagine qu'ils sont passés devant cette chambre et qu'ils t'ont vue seule, en train de m'attendre. Elle frissonne contre moi, soupire légèrement : « Je parie que tu le savais. Je parie que tu as *adoré* ça, putain! » Elle hoche la tête : « Tu sais que je t'aime ? »

Elle hoche la tête une fois encore, et rougit du cou jusqu'en bas du dos. Sara adore l'idée que l'on nous regarde en train de faire l'amour. Elle n'est pas souvent attachée pour moi ; parfois, elle prend les commandes, me grimpe dessus et me chevauche, ou m'aspire dans sa bouche. Ces quelques fois, elle aime regarder mon visage. Ses yeux analysent toutes mes réactions de fascination, comme si elle doutait encore de l'amour absolu que je lui porte.

Mais parfois – seulement quelques nuits au club de Johnny –, elle veut avoir les yeux bandés et imaginer à quoi je ressemble quand je la regarde, la sens, la baise.

Ma main remonte pour détacher le ruban autour de ses poignets, j'ai l'impression d'ouvrir un cadeau. Sara relève les bras, les tend pour attraper les deux coins de la table.

– Tu savais que j'allais te demander de faire ça ?

Elle sourit en tournant la tête dans la direction de ma voix. Le bandeau me laisse hors de sa vue :

– J'en avais une vague idée.

À ce moment-là, nous entendons un bruit sourd dans le couloir, vraisemblablement quelqu'un en train de faire tomber ce qui a dû être un plateau entier de verres. Jusqu'à cet instant, nous n'avons jamais été certains d'être observés. Au Red Moon, les chambres sont isolées ; ici, les murs sont épais mais ils n'isolent rien.

Devant moi, Sara frissonne et se cambre.

Beautiful SEX BOMB

– Apparemment, ils ont prévu de rester assez longtemps puisqu'ils ont commandé à boire.

Je glisse la main entre la table et son corps, les paumes en l'air pour caresser ses seins. «Jolie fille.» Je l'embrasse sur l'épaule, le cou, le long de son dos, en laissant mes mains glisser sur la face de son corps, en la léchant, en la mordillant. Je ne me lasse jamais de sa peau magnifique, putain.

– Brillant! je chuchote en rapprochant la chaise de métal pour m'asseoir et presser la bouche contre son cul: «Je pense que nous n'avons que le temps d'un petit avant-goût.» Je place mes mains sur le dos de ses cuisses pour ouvrir ses jambes en me penchant pour embrasser son clitoris et la goûter là où elle est chaude et sucrée.

– Max… Sa voix est tendue, elle insiste sur la syllabe unique.

– Hmm? Je la goûte encore, en fermant les yeux: «Tu es tellement parfaite ici.» Je l'embrasse là où je la pénétrerai plus tard: «Tellement parfaite *là*.»

– S'il te plaît. Maintenant.

Ses cuisses tremblent entre mes doigts.

– Tu ne veux pas que je te fasse jouir du bout de la langue? je lui demande, en me relevant pour enlever ma ceinture.

– Je sais qu'on n'a pas énormément de temps. J'ai envie de te sentir en moi avant que tu partes.

Je descends mon boxer sur mes cuisses et je me frotte contre son vagin, en faisant coulisser ma queue sur son clitoris.

– Avant de commencer, j'ai besoin que tu penses à quelque chose.

Elle marmonne :

– Tu veux savoir où la mettre ?

Je me penche et l'embrasse dans le dos en riant.

– Non, petite fille cochonne. On n'a pas assez de temps pour ça.

Elle se lèche les lèvres, attendant que je continue.

Je suis sur le point de la pénétrer et je lui demande :

– Je te prends sans rien ? Il y a un préservatif dans ma poche.

Sa respiration se fait haletante :

– Sans rien.

Ma poitrine se serre, je la fixe, j'ai envie de profiter du moment encore une petite minute, putain. Elle est attachée à une table, nue et prête pour moi. Bordel de Dieu, elle est sexy. Nous n'utilisons jamais de préservatifs à la maison mais ici au club, avec sa soirée devant elle, c'est un peu différent.

Je la pénètre lentement, si lentement que je sens chaque putain de centimètre de son vagin m'avaler. Elle gémit en bougeant les hanches pour m'inciter à m'enfoncer plus profondément. Dans cette position, vu notre différence de taille, je peux me coucher sur son dos et parler dans son oreille :

– Tu es sûre ?

– Oui.

– Parce que maintenant je suis en toi, sans protection, princesse. Si je *jouis* en toi, le renverseur de verres saura que tu m'appartiens.

Beautiful SEX BOMB

Elle maugrée, les doigts crispés sur les pieds de la table.

– Et?

– Tu auras mon foutre en toi quand je partirai, c'est ce que tu veux?

– Je saurai que c'est là, chuchote-t-elle, en se cambrant pour épouser mes mouvements. *C'est* ce que j'aimerais. Quand tu seras là-bas, assis avec les garçons, ou en train de dîner, plus tard, tu penseras que je peux toujours te sentir.

– Tu as tellement raison, putain.

J'entoure ses hanches de ma main et je presse mes doigts le long de son sexe pour qu'elle me sente partout.

Je commence lentement, pour la laisser me désirer, pour disparaître et émerger à nouveau, mouillé comme elle. Mais le reste de la soirée plane au-dessus de ma petite bulle d'intimité et je sais que je n'ai pas des heures devant moi pour apprécier ce moment. Ce sera du plaisir rapide ou rien. Plus tard, je trouverai du temps pour la boire beaucoup plus lentement.

Elle halète quand je me retire et quand je reviens en elle brusquement, sur un rythme si rapide que la table craque contre le sol. Sara lève son cul parfait en l'air, poussant contre moi aussi vite et fort que je la pénètre.

Avec un gémissement, elle murmure:

– Max, j'y suis.

Je presse mes doigts sur son clitoris, le frotte plus fort, bouge plus vite. Je connais ce corps de femme aussi bien que le mien, je sais à quelle vitesse elle désire que je la prenne, avec quelle intensité aussi. Je sais qu'elle adore m'entendre dire son prénom.

– Princesse, je meurs d'envie de te sentir jouir autour de ma queue.

Sa tête se renverse en arrière, ses cheveux frôlent mon épaule, elle crie brièvement :

– Encore, encore.

– Je t'aime, Sara.

Cela suffit. Ses doigts s'agrippent à la table si fort que ses phalanges en deviennent blanches, son orgasme surgit, m'attirant en elle au même rythme que ses petits cris tellement excitants.

– Tu ressens quoi ? parviens-je à articuler, les lèvres contre son oreille. Puissance ? Contrôle ? Tu es là, les yeux bandés, attachée à une table, et je suis *perdu* en toi. Je suis si perdu en toi, putain, que j'ai du mal à reprendre mon souffle.

En respirant lourdement, elle semble se noyer dans la table, repue :

– De l'amour.

Ma colonne vertébrale se relâche, tout se concentre dans mon ventre au moment où mes hanches accélèrent leur cadence.

– De l'amour ? je répète. Tu es attachée à une table en métal, tu viens juste de jouir en face de Dieu sait qui et tu ressens de l'amour ? Tu dois être aussi perdue en moi que moi en toi.

Elle tourne la tête pour m'embrasser. Sara me donne sa bouche, sa langue, ses gémissements affamés et

Beautiful SEX BOMB

rauques, et c'en est fini pour moi, je grogne en perdant le rythme, mes hanches frappent contre le bas de son dos et je suis pris de fièvre jusqu'à ce que mon corps entier se tende puis se relâche.

Je m'immobilise, comme dans un vertige, appréciant la sensation de ses baisers quand elle est comme ça, molle et languide après l'orgasme. La chambre disparaît, et aussi cliché que cela puisse sembler, le temps s'arrête. Tout l'objet de cette nuit réside dans son corps, ses lèvres, ses yeux qui s'ouvrent et rencontrent les miens pendant qu'on s'embrasse.

Je me retire lentement, en forçant sa langue à ralentir son assaut doux et profond pour me laisser profiter de ses lèvres. Je passe deux doigts sur sa chatte, en me délectant de ses petits mouvements. Je la pénètre avec les doigts, je continue de sentir la chaleur de l'amour, l'évidence de mon plaisir.

Je murmure : «Petite cochonne» en les enfonçant loin en elle.

Je sors mes doigts et souris en voyant combien son corps est réticent à l'idée de me laisser partir. Mais elle doit se relever, s'étirer; et moi je dois revenir à mes obligations de la soirée.

Je me lève en remettant mon pantalon, puis je m'agenouille pour lui détacher les jambes. Elle se redresse, se cambre avant de se retourner et de s'asseoir sur la table, en m'attirant entre ses jambes.

– Vous faites quoi après? demande-t-elle en passant les mains sur ma poitrine.

– On va dîner, je pense. Je fais un pas en arrière pour récupérer son peignoir dans un coin de la pièce. J'en ai assez que les autres la regardent : « Et toi ? »

– Dîner, dit-elle en haussant les épaules. Et puis je ne suis pas sûre. Elle lève les yeux vers moi, et reprend avec un sourire coquin : « Peut-être qu'on ira dans un autre club. »

– Et quoi ? je demande en riant. Regarder des types en slip jaune bouger leurs culs devant toi ? Non, princesse.

Ses yeux s'écarquillent, une lueur de défi y apparaît :

– Eh bien, si tu t'amuses de ton côté ce soir, moi aussi.

Je me penche pour l'embrasser en souriant, je la laisse entourer mon visage de ses mains, les glisser dans mes cheveux et dans mon cou.

– J'ai l'impression que je pourrais baiser pendant des heures, murmure-t-elle. Ça me rend fou. Sara jure rarement, quand elle le fait, je bande toujours : « Je me sens déchirée intérieurement, j'ai tellement envie de toi ce soir. »

Je râle en enfonçant mon visage dans son cou.

– Je sais, je sais, chuchote-t-elle en posant ses mains sur ma poitrine. Je fais un pas en arrière pour la laisser se mettre debout.

– Je suis sûre que Chloé a fini. On devrait y aller.

Nous sortons par la porte par laquelle je suis entré tout à l'heure. C'est la seule manière d'entrer ou de sortir de la chambre. Je préfère la sortie séparée du Red Moon. C'est une chose de savoir que des gens nous observent de l'extérieur, c'en est une autre de les croiser.

Mais, heureusement, les gens qui étaient là se sont dispersés avant que nous émergions de la chambre, probablement quand j'ai remis à Sara son peignoir. Nous marchons dans le couloir en nous frayant un chemin parmi les clients et je ne peux m'empêcher de me demander, *nous ont-ils vus ?*

CHAPITRE 3

Bennett Ryan

Impossible de déterminer si avoir fait jouir ma fiancée en trois minutes dans un club de strip-tease huppé m'a mis de bonne humeur ou m'a rendu plus perplexe et frustré que je ne l'ai été depuis longtemps. Quelle garce, cette Chloé. J'ai l'impression qu'elle a voulu se venger parce que notre escapade à Vegas coïncide avec la Saint-Valentin. Mais, putain, je la connais. Nous avons beau faire partie du monde du marketing et la communication, elle comme moi trouvons la perspective d'une fête romantique créée de toutes pièces totalement ridicule. Néanmoins, elle a sauté sur l'opportunité pour s'amuser et me laisser dans l'état qu'elle préfère chez moi : tourmenté et en rogne.

Et cet enfoiré de *Max*. Était-il au courant du petit numéro de Chloé ? S'il savait... franchement, c'est un peu trop personnel. Je devrais lui botter le cul ou glisser un somnifère dans son verre, le temps d'écrire «je suis une merde» au feutre indélébile sur son visage.

Ma vengeance devra attendre. Max n'est plus là quand je reviens. Henry et Will ont le regard perdu de deux hommes à qui l'on a offert de l'alcool et des femmes en trop grande abondance.

Je lance : « Comment ça va par ici ? » en me rasseyant dans mon fauteuil et en attrapant un verre qui doit être vide depuis le temps. Mais non. Les glaçons qui flottaient dans la vodka n'ont pas fondu, mon assiette est à nouveau servie. Je croise le regard de Gia dans la pièce et je lui porte un toast silencieux. Le lieu peut paraître douteux, avec ses pièces mystérieuses et ses prestations énigmatiques, le personnel n'en est pas moins irréprochable. Elle hoche la tête vers moi en souriant avant de disparaître derrière le bar. Je ne peux m'empêcher de remarquer qu'elle a ôté tous ses colifichets pendant mon absence : elle sert maintenant complètement nue.

J'espère pour elle que ce n'est pas trop désagréable. Pour moi, ce serait un véritable cauchemar.

– Alors, cette lap-dance ? demande Henry, les yeux rivés sur la scène.

Si je mettais le feu à son fauteuil, il ne remarquerait les flammes qu'au moment où ses cheveux s'embraseraient tant il semble concentré sur les danseuses.

Je le scrute pour déterminer s'il sait quelque chose, mais il sourit sans aucune malice et ne semble même pas intéressé par ma réponse. Will a l'air simplement curieux.

Beautiful SEX BOMB

– C'était bien.

– Rapide, remarque Will.

Je grimace. Putain, oui, ça l'a été. J'aimerais presque qu'ils *soient au courant* de la petite performance de Chloé pour avoir au moins le plaisir de leur toper dans la main.

– Les femmes sont magnifiques ici, marmonne Henry. Je pourrais passer la nuit à les contempler.

Will s'étire, jette un coup d'œil à sa montre :

– Moi, je crève de faim. On n'a pas une réservation pour le dîner ? Il est presque 22 heures.

– Où est le roastbeef ? je demande en parcourant à nouveau du regard l'énorme salle. Max est introuvable. Vu le nombre de recoins et de bars différents du club, on pourrait le chercher longtemps.

– Sais pas, répond Will en haussant les épaules et en avalant une gorgée de scotch. Il a disparu juste après ton départ.

Je réalise enfin... ce qui fait l'effet d'une bombe dans mon cerveau : Sara est ici. Chloé ne m'a pas répondu quand je lui ai demandé si elle était venue seule, à Vegas, mais tout est clair maintenant. À moins qu'elle n'ait décidé de se détendre dans la baignoire à bulles de sa chambre d'hôtel toute la nuit, elle devait avoir d'autres plans. Max doit profiter de Sara dans son coin, comme moi de Chloé. Ce qui explique sa disparition subite.

Quelques verres et quelques chansons plus tard, Max revient à la table, en nous surprenant par-derrière. Je ne l'ai même pas vu venir.

– Les gars! s'écrie-t-il, en me tapant dans le dos. Ça vous plaît de mater des nibards?

Nous répondons tous par des variations de «*super*». Max s'assoit dans le fauteuil à côté de moi, avec un sourire qui dit à quel point il est détendu.

– Alors, Ben, cette lap-dance? demande-t-il, les yeux pétillants de malice. Pas si mal après tout, n'est-ce pas?

Je hausse les épaules en fixant son sourire apaisé.

– Tu viens de baiser, gros connard?

Ses yeux s'écarquillent, il se rapproche de moi:

– Pas *toi*?

– Putain, non! je murmure en secouant la tête. Max éclate de rire: «Elle s'est fait jouir et elle est *partie*».

Il siffle bruyamment avant de soupirer:

– J'imagine que tu devras attendre de rentrer chez toi pour prendre ta revanche.

Il est sérieux? Il s'attend à ce que je la laisse partir pour le reste de la nuit – peut-être pour le reste du week-end – après m'avoir fait quelque chose comme ça?

– Où sont-elles parties?

Max hausse les épaules en prenant un peu de caviar sur un blini.

– Je ne sais pas. Je pense qu'elles repartent demain matin.

– Dans quel hôtel sont-elles descendues?

– Aucune idée. C'est Sara qui a fait les réservations.

Il a l'air si peu concerné par tout ça... mais je suis sûr qu'il ressent la même chose que moi. Il a seulement eu la chance de baiser dans une chambre pendant que je regardais Chloé se masturber sur ma main.

Beautiful SEX BOMB

Je jette un coup d'œil vers le mur du fond au moment où Chloé et Sara sortent du couloir sombre, en riant, bras dessus bras dessous. Max suit mon regard et soupire longuement :

– Elles sont magnifiques, bon sang.

– Je me demande où elles vont…

Max me jette un coup d'œil en secouant la tête, comme s'il lisait dans mes pensées :

– Notre soirée est entièrement planifiée, mec.

– Je n'en doute pas.

– Elles vont s'amuser de leur côté.

– Eh oui…

Il s'interrompt en croisant le regard de Sara. La connexion entre eux deux est totale. Chloé relève les yeux du sac dans lequel elle était en train de fouiller et me voit. Ses lèvres s'ouvrent et sa main frémit contre sa poitrine. Dans ses yeux, je lis une inquiétude authentique. Peut-être même un soupçon de culpabilité. « Ça va ? » articule-t-elle silencieusement.

Si elle se sent coupable après son petit jeu, je suis content. Je grimace : « Non. »

Mais tout signe de culpabilité s'évanouit sur son visage. Elle sourit, pleine de malice, et m'envoie un baiser en attrapant le bras de Sara. Max et moi les observons sortir toutes les deux du club derrière les lourdes portes d'acier qui se referment derrière elles.

– Putain, souffle Max. On a vraiment de la chance.

Je soupire :

– Ouais.

Je lève les yeux et rencontre les siens. Je sais qu'il a organisé soigneusement toutes nos activités de la nuit. Mais vraiment, nous sommes seulement vendredi soir et nous en avons jusqu'à mardi. Cela compterait-il vraiment si je m'éloignais pour une petite heure ?

Il se penche en avant, attrape mon avant-bras en éclatant de rire.

– N'y *pense* même pas, Bennett !

Après quelques heures passées dans l'atmosphère lourde et capiteuse du club, j'ai l'impression de me faire happer par la lumière d'un projecteur en sortant dans la rue. Les tours des hôtels de Vegas grignotent le ciel sombre et, même à cette distance, je distingue le rayonnement des LED et des néons qui clignotent devant tous les casinos du Strip. *Putain,* tout ce bruit. Le bourdonnement des voitures nous parvient alors que nous attendons notre chauffeur devant l'immeuble. Les voitures s'arrêtent de l'autre côté de la rue, se vident de leurs passagers, se remplissent à nouveau avant de s'éloigner. Des personnes de toutes tailles et aux allures diverses et bigarées se croisent, au milieu d'un tumulte de klaxons au loin. De temps à autre, une sirène retentit à quelques blocs de là.

Il y a de l'eau *partout* – le tintement de l'eau dans les fontaines à côté des voituriers, le bruit assourdissant des cascades devant les plus grands hôtels, celui d'une fontaine énorme dans laquelle chaque touriste ou presque jette des pièces de monnaie – même ici, loin de l'extravagance et du glamour des grands casinos.

Beautiful SEX BOMB

Comme s'il lisait dans mes pensées, Henry marche jusqu'à la fontaine, y jette un coup d'œil avant de faire ricocher un jeton de cent dollars sur la surface de l'eau.

– Qui aurait pu croire qu'il y aurait tant d'eau dans le désert?

Will marche derrière nous et retire son manteau, comme s'il ne sentait pas le froid. Il part dans une grande tirade:

– L'eau est nécessaire à la vie. Pour qu'une société survive, elle a besoin d'eau. L'utilisation aussi disproportionnée et extraordinaire d'une ressource aussi importante est censée montrer qu'une communauté prospère. Une ville qui prospère rend les gens optimistes, et un touriste de bonne humeur dépense plus d'argent, ce qui a pour effet de relancer l'économie. Il hausse les épaules en enfournant un chewing-gum dans sa bouche: «En plus, c'est juste super joli, tu ne trouves pas?»

Henry ouvre la bouche:

– Tu es vraiment un geek.

– Ah bon? répond Max en souriant chaleureusement.

Will lève le menton en direction d'Henry:

– Ce n'est pas moi qui viens de jeter un jeton de cent dollars dans une fontaine, juste par réflexe. Tu viens d'illustrer exactement mon propos!

Les yeux d'Henry s'écarquillent, il y retourne en courant:

– Fils de pute!

Will s'appuie contre la façade de briques, les mains dans les poches, sa veste de costume posée sur son bras:

– Comment se présente la suite du week-end de débauche ? Dîner et puis quoi ? Parachutisme ? Sacrifice de vierges ? Tatouages pour commémorer la perte des couilles de Ben ?

Je grimace. Will fait partie de ma vie depuis que Max et Sara se sont réconciliés. On se voit tous les cinq plusieurs fois par semaine pour déjeuner, dîner ou sortir. Will est le célibataire du groupe et il adore nous rappeler à Max et à moi que nous sommes des sous-hommes à qui on a arraché les couilles.

– Ce que tu ne peux pas comprendre, Will, c'est qu'il y a un avantage énorme à ne baiser qu'une seule femme ; elle sait *exactement* quoi faire. Je suis plus que ravi de donner à Chloé l'accès exclusif à mes couilles.

Henry s'éloigne à nouveau de la fontaine et s'approche de Will :

– Je te parie cent dollars que tu ne pourrais même pas *trouver* une vierge ici.

Will jette un coup d'œil à la main tendue de Henry et rigole :

– Nous sommes sortis du club il y a peine deux minutes, tu viens de jeter un jeton de poker de cent dollars dans une fontaine et tu proposes maintenant un pari de cent dollars. J'ai hâte de te voir en action dans un vrai casino.

– Gagner de l'argent est ma spécialité, dit Henry en bombant le torse avant de grimacer.

Je bougonne en me grattant le menton :

– Vous n'êtes vraiment pas sortables.

Beautiful SEX BOMB

– C'était seulement une lap-dance, Benny, répond Henry en m'attrapant par l'épaule. Pourquoi es-tu si grognon? Tu devrais sourire aux anges.

Je tourne les yeux vers Max, mort de rire.

– Ignorez-le, fait-il aux autres en me pointant du doigt. Notre Ben se sent seulement un peu frustré, c'est tout.

Quel salaud, ce Max! Avec ses mains dans ses poches et son sourire d'abruti, il est l'incarnation de la nonchalance, l'exact opposé de ce que je ressens.

Je pourrais étrangler Chloé là, tout de suite. Un sentiment qui m'est de plus en plus familier depuis que je l'ai rencontrée. Depuis tout ce temps, elle sait *toujours* aussi bien appuyer là où ça fait mal. Pour être honnête, je ne sais pas qui d'entre nous deux est le plus taré : elle pour avoir pris son pied en m'excitant à blanc ou moi qui ai tant apprécié la chose?

– Alors... on fait quoi? répète Will, en s'éloignant de l'immeuble. On reste plantés là toute la nuit à regarder Bennett péter les plombs ou...

Max jette un coup d'œil à sa montre.

– Dîner, dit-il. Ma mère a fait des réservations pour The Steakhouse au Wynn. Il paraît que c'est sublime.

Je cherche notre chauffeur des yeux, un flash vert attire mon regard de l'autre côté de la rue. *Chloé.* La dernière fois que je l'ai vue, c'était avec Sara, les yeux brillants et le sourire malicieux, comme lorsqu'elle elle m'a laissé dans le club. Maintenant, elles attendent sur le trottoir, les bras levés pour héler un taxi.

59

Je fais un clin d'œil rapide à Max, très occupé à débattre avec Will et Henry de la possibilité physique de manger un steak de 700 grammes en moins de quinze minutes. Parfait.

Je repère notre voiture qui s'avance dans le virage. Je dois agir rapidement. J'ai un plan très vague en tête, je grimace en me penchant en avant, une main sur le ventre.

– Ça va, Ben? demande Will, les sourcils relevés.

– Oui, oui, dis-je en faisant un geste réconfortant. Mon ventre est un peu... Mon ulcère fait des siennes.

Max plisse les yeux:

– Tu as un ulcère?

– Oui, fais-je en hochant la tête et en imitant une respiration hachée.

– *Toi*. Un ulcère, répète-t-il.

Je me redresse un peu.

– Il y a un problème?

Il se gratte les sourcils et me scrute, sceptique.

– Je dois avoir un peu de mal à me faire à l'idée que le génial et puissant Bennett, dont la pression artérielle ne bronche jamais même dans les réunions les plus stressantes, lui qui se fout de l'opinion des autres (il se désigne, ainsi que Will et Henry)... même de la nôtre... ait un ulcère.

Notre voiture se gare devant nous au moment où un taxi s'arrête devant Sara et Chloé.

– Eh bien, j'en ai un.

Nos yeux se rencontrent. Le chauffeur ouvre la portière et attend. *Tout le monde* attend, les yeux roulant de Max à moi.

Beautiful SEX BOMB

– Pourquoi est-ce la première fois que j'entends parler de cette affaire d'ulcère ? demande Henry.

– Parce que tu n'es ni mon médecin ni ma mère. Ils me fixent en silence, l'air plus ou moins préoccupé, incrédule pour ce qui concerne Max : « Montez dans la voiture pendant que je cours à la pharmacie. J'en ai vu une un peu plus bas dans la rue. »

Max continue de me dévisager de l'intérieur de la voiture :

– Pourquoi ne viens-tu pas avec nous ? On peut très bien s'arrêter en chemin...

– Pas la peine, j'assure en agitant la main. Je ne veux pas vous faire attendre. Allez-y les gars, je récupère des médicaments et je vous rejoins au restaurant.

– OK, acquiesce Henry en montant dans la voiture.

– On peut t'attendre... renchérit Will, sans grande conviction.

Tout le monde, excepté Max, trouve normal de laisser un pote aller tout seul acheter des médicaments pour son putain d'ulcère.

– Non, laissez-le courir un peu, lâche Max avec une grimace. Le pauvre Ben en a chopé des coliques, il a peur de se faire dessus. Il se tourne vers moi : « On se rejoint au restaurant. »

Je lui décoche un regard noir. Il a de la chance que je n'aie pas le temps de discuter. Ni de lui mettre mon poing sur la gueule.

– À tout à l'heure.

~

61

J'attends que la voiture se soit engouffrée dans la circulation avant de me retourner pour chercher un taxi. Celui de Chloé et Sara est arrêté au feu rouge. Si je me dépêche, je pourrai les rattraper. Une voiture s'immobilise, je monte dedans en promettant au chauffeur une petite fortune s'il accepte de les suivre, et vite. Je n'ai pas encore vraiment réfléchi à ce que je ferai ni à comment je parviendrai à la voir seule, je suis en mode autopilotage : retrouver Chloé, l'isoler, jouir.

Ma fiancée m'a fait une lap-dance surprise dans un club de strip-tease et j'ai sauté dans un taxi pour la rattraper. Mon enterrement de vie de garçon à Vegas a officiellement commencé.

Leur taxi s'arrête juste en bas du Strip, je les observe en sortir. Je paye mon chauffeur et reste à l'arrière, en les regardant parler. Elles pointent toutes les deux une direction différente – Sara le Planet Hollywood et Chloé le Cosmopolitan. Quand elles semblent avoir pris une décision, elles hochent la tête, s'embrassent sur la joue avant de se diriger dans des directions opposées.

Parfait, putain.

Je sors du taxi et je suis Chloé dans la foule, à l'intérieur de l'immeuble. Le casino est sombre, il me faut un moment pour m'habituer à l'obscurité. Des couleurs intenses, des lumières clignotantes et des bruits électroniques emplissent l'atmosphère. Je parcours des yeux la grande salle. Je trouve Chloé près de l'entrée du casino, en train de monter l'escalier.

Beautiful SEX BOMB

Des chapelets de cristaux étincelants sont suspendus au plafond, quelques étages au-dessus, et tout autour de la rampe de l'escalier géant. De là où je me trouve, j'ai l'impression que Chloé a disparu dans un lustre.

J'emboîte son pas, avec juste assez de distance pour admirer son cul en me demandant ce qu'elle fait ici. A-t-elle rendez-vous avec quelqu'un? Même si elle ne m'en a jamais parlé, elle a peut-être des amis à Las Vegas. Ou peut-être attend-elle simplement que Sara la rejoigne? Mon sang se met à bouillir à cause du *mystère* absolu qui entoure Chloé: nous vivons ensemble, nous travaillons ensemble et, aux yeux de tous, nos projets et nos vies respectives sont totalement imbriqués. Mais je prends plaisir à savoir qu'il me faudra toujours chercher à la deviner. Du fait de son indépendance forcenée, je ne saurai jamais exactement ce qu'elle a en tête. Même si elle est entièrement *mienne*, elle me mettra toujours au défi.

J'arrive au troisième étage du club, je ne sais toujours pas où elle se dirige. La cruauté de son petit jeu commence à me prendre douloureusement aux tripes. Je décide de me laisser aller, je veux retrouver nos habitudes et ce désir familier de la «punir» en faisant ce que je veux de son corps. Je l'attrape par le bras.

– Vous avez de sérieux ennuis, je murmure dans ses cheveux.

Je la sens se raidir un instant avant de se détendre; la tension de son corps s'évacue et elle s'appuie contre ma poitrine.

– Je me demandais combien de temps tu mettrais pour me retrouver...

– *Toi*, dis-je en continuant à monter l'escalier en colimaçon, tu as assez parlé ce soir. Nous sommes à l'intérieur des rideaux scintillants de perles qui semblent s'enrouler autour de nous, étincelant dans la lumière douce : « Il est temps que cette jolie bouche se ferme... à moins que je n'en aie besoin pour autre chose. »

Au troisième étage se trouve un bar plutôt impressionnant, aux étagères remplies de bouteilles multicolores alignées, drapées dans une surenchère de pierres précieuses étincelantes. Je la dirige vers un coin sombre. Je remarque en souriant une pancarte au-dessus de la porte. Je veux être seul avec Chloé, et, franchement, j'ai toujours été assez bon dans les toilettes.

Un homme d'âge mûr, aux cheveux teintés de noir, a l'air très surpris quand nous entrons tous les deux dans les toilettes des hommes. Je tends la main pour serrer la sienne en glissant un billet dans sa paume.

– C'est très bruyant par ici, dis-je avec un signe de tête vers le casino et le bar de l'autre côté de la porte. Auriez-vous l'obligeance de nous laisser cinq minutes pour parler ?

Il regarde le billet, ses yeux s'écarquillent et il me rend mon sourire.

– Pour... parler ?

– Oui, Monsieur.

Ses yeux se concentrent sur Chloé :

– Vous êtes d'accord, Mademoiselle ? Ça ne se voit peut-être plus trop maintenant, mais il n'y a pas si longtemps, je pouvais envoyer un joli garçon comme celui-là au tapis avant même qu'il réalise que j'allais le frapper.

Chloé rit à côté de moi.

– Mon petit doigt me dit que vous en êtes toujours capable, Monsieur. Elle lui fait un clin d'œil : « Mais, croyez-moi, je suis aussi parfaitement capable d'envoyer ce joli garçon au tapis. »

– Je n'en doute pas. Son sourire s'élargit, révélant des dents d'un blanc éclatant : « Vous savez, fait-il en regardant sa montre, je viens de réaliser qu'il est temps que je prenne ma pause. »

Il attrape le chapeau qui pend à un crochet, le place sur sa tête et nous fait un clin d'œil en disposant la pancarte « fermé pour nettoyage » à l'extérieur de la pièce.

Je l'observe sortir, la porte claque derrière lui. Je traverse la pièce pour tourner le verrou.

Chloé se soulève et s'assoit sur le large comptoir de marbre, en me scrutant, ses longues jambes croisées devant elle. La pièce est luxueuse, elle ressemble plus à une salle d'attente avec des cabines qu'à des toilettes traditionnelles. Le sol est de la même couleur noire et dorée que le reste du casino ; trois fauteuils sont regroupés contre le mur du fond, un banc de cuir bleu est disposé entre eux. Un énorme lustre pend au centre de la pièce et renvoie sur les murs des reflets colorés.

– Alors comme ça, j'ai des ennuis ? demande-t-elle, l'œil coquin.

– Un tas.

Je m'approche d'un pas.

– J'ai l'impression que c'est un thème récurrent.

– N'est-ce pas ?

– Tu vas me dire ce qui ne va pas ? Elle me regarde les yeux grands ouverts, ses joues sont d'un rose machiavélique. Elle est belle, putain : « J'aurais dû utiliser mes propres mains, c'est ça ? »

– Ce n'est pas drôle.

Mon cœur bat contre mes côtes douloureuses, je suis ivre de l'adrénaline qui court dans mes veines. Elle ne détache pas son regard de moi quand je traverse la pièce pour écarter ses jambes et me placer entre ses cuisses.

Je passe un doigt sur la peau douce de son mollet, enroulant ma main autour de sa cheville. Je chuchote en caressant le cuir souple :

– Ces chaussures n'ont pas l'air très raisonnables.

Elle continue de me scruter, les lèvres rouges, humides, tellement excitantes.

– Peut-être parce que je ne me sens moi-même pas très *raisonnable* ce week-end. C'est pour ça que j'ai des ennuis ?

– Tu as des ennuis parce que tu as un caractère impossible.

Elle relève le menton et me toise :

– J'ai eu un bon professeur.

Je soulève son pied jusqu'à ma hanche et me promène le long de sa cuisse et sous sa jupe. Je serre

Beautiful SEX BOMB

les dents en sentant une vague de frustration me submerger. Je repense à l'état dans lequel elle m'a laissé au club, à sa fierté de me planter là en train de bander et à quel point quatre-vingt-dix pour cent de nos disputes se résument à vouloir faire réagir l'autre. Nous avons un sérieux problème.

Toujours le même.

Et maintenant, tout ce que je veux, c'est égaliser le score.

J'attrape ses fesses des deux mains, en ignorant sa respiration hachée quand je la tire sur le bord du comptoir.

« Toi » commence-t-elle à protester, mais je l'arrête d'un doigt sur la bouche. Elle a toujours cette odeur peu familière – fleurie, pas citronnée – mais derrière le maquillage épais et le nouveau parfum, la douceur dans ses yeux ressemble bien à Chloé. Elle peut s'habiller aussi sexy qu'elle veut, la femme qui est la mienne sera toujours là. Le réaliser me donne la sensation de me noyer, je me penche en avant en remplaçant mon doigt par mes lèvres. Je me perds dans ses petits gémissements tandis qu'elle s'agite contre moi. Ses baisers me font l'effet d'une drogue, je passe les doigts dans ses cheveux, j'attire son visage vers moi. Je désire plus que ses lèvres.

Je la repousse de la main pour qu'elle s'allonge sur le comptoir en la disposant comme je le souhaite, sans douceur excessive. Elle se laisse faire, les yeux écarquillés. Elle a reconnu le petit jeu auquel nous jouons depuis toujours. Elle s'appuie sur les coudes et me regarde, en attendant de voir ce que je vais faire.

Je remonte le tissu diaphane de sa jupe sur ses hanches, exposant des kilomètres de jambes et une nouvelle culotte de satin. Mes doigts glissent sur sa peau, j'ai envie de la maintenir dans cette position et de la griffer, de l'entendre me supplier de la baiser.

– Je vais te baiser avec ma bouche, lui dis-je en m'agenouillant entre ses cuisses et en appuyant les lèvres sur le tissu fin qui recouvre sa chatte. Te baiser avec ma langue jusqu'à ce que tu me supplies de te prendre. Je te donnerai peut-être ma queue. Ou pas.

Elle halète et attrape mes cheveux pour m'attirer vers elle :

– Déconne pas, Bennett.

Je repousse ses mains en riant.

– Ce n'est pas toi qui prends les décisions ce soir, Chloé. Pas après ton petit jeu au club. Je soupire quand ses jambes s'écartent, je passe la langue sur son clitoris jusqu'à ce que le tissu de sa culotte soit trempé : « Tu m'as embrassé, tu m'as laissé jouer avec tes seins, *tu as joui sur ma main* et tu m'as laissé. En train de bander. Ce n'était pas très gentil. »

– Je... quoi ? demande-t-elle, les yeux flous.

Une bouffée de chaleur vient colorer son cou.

Je me penche vers elle et j'épingle ses hanches sur le comptoir, en l'embrassant toujours sur sa petite culotte mouillée. Sa tête retombe en arrière, elle gémit mon nom dans la pièce silencieuse.

– Plus fort, lui dis-je, je veux t'entendre.

Beautiful SEX BOMB

– Enlève-la. Lèche-moi.

Le désir que je perçois dans sa voix fait vibrer tout mon corps, j'attrape les petits nœuds dans ma main, en désirant qu'ils disparaissent tout de suite, pour que rien n'existe plus entre elle et ma bouche.

Elle crie, se cabre sous moi. Quand ma langue touche sa peau, ses doigts s'enfoncent dans mes cheveux, sa voix résonne autour de nous.

Le lieu est étrange, mais cela n'a pas d'importance, il est plus que convenable pour nous. Je nous regarde sur le côté – elle s'observe dans le miroir, les dents plantées dans sa lèvre inférieure. Mes yeux rencontrent les siens quand je la goûte, en glissant la langue sur sa chatte.

J'ajoute un doigt puis deux, je les vois bouger en elle, trempés par son désir. Sa voix n'est plus qu'un murmure haletant, mon nom encore et encore quand elle en redemande. Elle écarte les jambes, les talons de ses chaussures sexy crissent contre le comptoir. Je sens sa chaleur autour de moi, elle se met à trembler. L'orgasme est tout proche.

– C'est bon ? je demande en m'assurant que ma voix vibre contre elle.

Elle acquiesce, le souffle coupé, en enfonçant ses mains dans ses cheveux.

– Tellement bon. Oh putain, Bennett, je suis si près.

Mon Dieu, c'est une torture, désirer reprendre le contrôle mais avoir envie de la *contenter, avoir besoin* de la sentir.

Je tente de cacher mon désespoir en accrochant mes mains à ses hanches, elle s'allonge contre le comptoir, je la lèche du nombril au morceau de dentelle qu'elle appelle soutien-gorge et qui recouvre sa poitrine. Je me relève, ouvre le haut de ma chemise, attrape ma ceinture à l'aveugle et baisse mon pantalon. Je libère ma queue et gémis presque quand elle repousse ma main pour me prendre dans sa paume.

– Non, fais-je en la mettant sur les genoux et en me plaçant derrière elle. Tu as eu tout le temps de jouer plus tôt. Ceci m'appartient.

Elle râle quand je relève son cul en l'air en le frappant fort.

Elle halète, se tourne pour me dévisager.

Je lui lance un regard noir, passe la main sur sa peau douce.

– Tu veux que j'arrête ? Ses yeux se plissent : « Tu peux m'arrêter à tout moment. Je suis sûr que c'est une torture absolue pour toi... »

Je frotte le bout de mon sexe contre son vagin trempé, descends sur son clitoris en dessinant des cercles.

– Tu es un sale con, finit-elle par dire.

Ma main claque sur ses fesses, encore plus fort. Mais cette fois, au lieu d'avoir l'air surpris, elle gémit, d'une voix rauque d'excitation.

Tout disparaît à part elle : il n'y a plus que Chloé et ses gémissements, sa manière de me supplier d'entrer en elle, plus fort, de la prendre. Ce que je fais, en lui donnant une fessée, tandis qu'elle en demande plus et plus vite.

Beautiful SEX BOMB

Même si j'ai tous les droits, ce n'est pas assez – ce ne le sera jamais. Je sens le poids de mon désir m'écraser – l'amour absolu que je sens pour elle, le besoin constant de la toucher, de la sentir, de la prendre, de la marquer.

Je tords sa chemise entre mes doigts en la relevant pour voir ses seins bouger pendant que je la baise. Ses cheveux tombent en cascade dans son dos, je plonge les doigts dedans – les mèches froides glissent contre ma peau. Je la regarde pendant que je la pénètre, elle pousse ses fesses vers moi, sa jupe roulée sur son cul rougi et sur ses hanches.

– Ça me manque, fais-je en caressant de manière assez appuyée ses fesses marquées. Tout le temps.

Elle acquiesce, murmure mon prénom. Je sens la frustration dans sa voix, l'une de ses mains s'avance pour s'accrocher quelque part tandis que l'autre se place entre ses jambes.

– C'est ça... dis-je, en la regardant se masturber. Viens. Fais-toi jouir.

Cela devait être tout ce dont elle avait besoin, elle se met à crier, son dos se cambre, elle s'empale sur moi. Ma propre jouissance est toute proche. Je peux à peine penser. Je suis si excité que j'ai du mal à respirer. Mes jambes brûlent, mes muscles protestent tandis que je la prends.

– Bennett. Putain, *Bennett*, souffle-t-elle. Sa voix descend dans mon ventre, m'excite à tel point que mon corps se met à trembler. Ma vision se trouble, les détails de la pièce sont flous. Je jouis.

Chaque partie de mon corps semble lâcher prise en même temps quand je m'effondre, haletant, épuisé, m'accrochant au comptoir pour me soutenir.

«Bordel de merde.»

Tout tourne autour de moi, le silence est tel que ma voix et nos respirations résonnent contre le marbre. Je me demande si nous avons fait beaucoup de bruit.

Elle se relève, chancelante. Elle lisse ses vêtements avant de se diriger vers une cabine pour se débarbouiller.

– Tu sais que je vais devoir marcher après ça ?

– Bien sûr, dis-je en souriant.

– Tu l'as fait exprès !

Je roule sur le dos et cligne des yeux en détaillant l'énorme lustre.

– Je t'ai laissée jouir, moi.

Je sais que je devrais réajuster mes vêtements et aller retrouver les garçons, mais à cet instant, tout ce dont je rêve, c'est de dormir.

Elle marche vers moi, se penche pour m'embrasser légèrement sur les lèvres.

– Tu devrais aller dîner ou tu seras ivre à minuit.

Je maugrée en essayant de l'attirer vers moi, mais elle s'échappe en me repoussant d'un doigt sur mes côtes.

– Aïe, j'ai mal...

– Je suis sûre qu'ils se demandent où tu es.

– Je leur ai dit que j'avais un ulcère pour qu'ils aillent au restaurant sans moi.

– Ils t'ont cru ?

– Qui sait?

– Eh bien, va vite les convaincre que tu es guéri de ta maladie complètement incroyable. Moi, je vais retrouver Sara.

– OK, dis-je en remontant mon pantalon. Je la regarde arranger ses cheveux devant la glace: «Où *est* Sara?»

– Elle boit un verre avec une amie qui vit ici. Une danseuse, je crois. Une stripteaseuse du Planet Hollywood.

– Là, tu m'intéresses.

Elle me toise dans le miroir, les sourcils relevés avant de continuer:

– Je lui ai dit d'y aller sans moi parce que j'avais la sensation d'être suivie...

– La sensation?

Elle hausse les épaules en remettant du rouge à lèvres.

– L'espoir...

Elle replace le bouchon du rouge à lèvres, le range dans son sac. Je la suis jusqu'à la porte, en passant la main sur sa joue:

– Je t'aime, tu sais.

– Moi aussi, je t'aime tu sais, murmure-t-elle en se penchant pour m'embrasser avant de me frapper le cul. *Fort.*

Je l'entends rire longtemps après qu'elle a disparu dans le casino.

CHAPITRE 4

Max Stella

À travers la vitre arrière, je regarde Bennett s'éloigner à grandes enjambées. Il jette un coup d'œil circulaire et hèle un taxi dès qu'il pense être hors de notre champ de vision. Putain de merde. Pour quelqu'un qui ne se laisse jamais aller, il ressemble à une épave. Il ne s'est même pas tenu à son histoire de maladie à dormir debout assez longtemps pour nous laisser le temps de disparaître au coin de la rue.

Je me rassois en observant les touristes qui errent sur les trottoirs dans un brouillard de lumière. Mes pensées sont occupées par Sara. Elle a dit qu'elle me désirait tant qu'elle se sentait déchirée. *Mon Dieu,* cette affirmation me rend fou, une fois de plus. Elle a si peu d'exigences. Même pendant les semaines où nous parvenons à peine à nous voir, c'est elle qui fait preuve de patience, en répétant qu'on rattrapera le temps perdu le week-end ou le mercredi. Elle m'a dit qu'elle en voulait davantage ce soir, je ne peux rien lui refuser. Mais j'ai vu dans ses yeux qu'elle a immédiatement regretté d'avoir formulé cette requête, comme si elle savait qu'elle allait me bouleverser. Mon téléphone vibre à l'instant. Un message d'elle : TOUT VA BIEN, VRAIMENT. JE SUIS DÉSOLÉE DE T'AVOIR DISTRAIT.

Je souris en répondant : HÉLAS, TU ES MA DISTRACTION PRÉFÉRÉE.

AMUSE-TOI BIEN AVEC LES GARÇONS CE SOIR, répond-elle.

Une détonation attire mon attention, Henry et Will viennent de déboucher une bouteille de champagne.

– Que ceux qui pensent que Bennett avait juste besoin de se branler dans les toilettes lèvent la main, lance Will en me tendant une coupe.

Je décline de la main, espérant bien boire de l'alcool digne de ce nom au restaurant.

– On sort d'un club de strip-tease, répond Henry en grand frère protecteur. Foutez-lui un peu la paix.

Je m'efforce de conserver une expression neutre. Will et Henry ne savent pas que les filles sont ici, mais ils sont très près de la vérité.

– Henry a raison, je les interromps, surpris de défendre Bennett alors qu'il vient de déserter son enterrement de *vie de garçon* pour baiser sa fiancée : «Il doit avoir besoin d'un moment de solitude. Ce mec est dirigé par sa bite, comme chacun sait.»

– Ah! s'écrie Will. C'est amusant que tu sous-entendes que ce n'est pas ton cas !

Qu'il ait raison ou non n'a aucune importance. Depuis que j'ai rencontré Sara, je ne pense plus qu'à

Beautiful SEX BOMB

elle. Je m'intéresse à ce qu'elle fait, à ce qu'elle porte et, bien sûr, aux lieux où je peux la baiser. Mais comme une part de moi adore par-dessus tout se disputer avec Will, je ne retiens pas une réponse cinglante.

– Je dois bien admettre que Sara monopolise mes pensées...

– Compréhensible, m'interrompt Will en me faisant un clin d'œil averti.

– *Mais*... je continue, en l'ignorant. Je suis parfaitement capable de garder la tête sur les épaules quand il le faut.

Impassible, il sifflote son verre, en se rejetant en arrière sur le siège de cuir souple.

– Ouais. Un homme d'affaires à la tête froide comme toi n'abandonnerait jamais ses responsabilités ou disons... ses amis pour une femme. Je hoche prudemment la tête, en sentant le piège se refermer sur moi : « Par exemple, quand tu as oublié de venir me chercher à l'aéroport à mon retour de Chine parce que tu avais une *"urgence"*, grince-t-il en singeant les guillemets avec ses doigts. Ce qui, bien sûr, signifiait que Sara était en train de te tailler une pipe à l'arrière de ta voiture. À ce moment-là, tu avais la tête sur les épaules... »

Henry me tape dans le dos pour me féliciter :

– Quel fils de pute ! s'exclame-t-il.

Je fais un clin d'œil à Henry. Will n'a pas fini :

– Et quand tu m'as laissé tomber avec trois de nos clients les plus chiants au monde pour deux heures parce que tu baisais Sara dans la bibliothèque de

James – tu gardais *aussi* la tête sur les épaules. Ouais, Ryan a beaucoup à apprendre de toi.

– Je crois que nous avons tous compris, dis-je en éclatant de rire.

– Je voulais m'en assurer, répond-il avec un sourire charmant, en levant sa flûte de champagne.

La voiture s'arrête à un feu juste après le Palazzo. Même si j'ai hâte de dîner, je me dis que l'idée de courir à la «pharmacie» aurait pu me traverser l'esprit avant que Bennett ne détale comme un lapin.

– Tu vois, si tu organisais mieux ton planning, continue Will, tu n'aurais pas toujours cette envie désespérée de *baiser* à chaque fois que tu as une minute à toi.

– Planning? demande Henry.

Je me penche en avant en souriant:

– Il veut dire planning de plans-cul. Notre Will ne baise peut-être pas tout ce qui porte une jupe mais il ne manque jamais de compagnie. Il organise une rotation parfaite et bien agencée de ses "relations" dans son planning.

Will fronce les sourcils, Henry nous regarde, clairement perdu. Il demande:

– Attends. Tu es en train de me dire que tu organises tes plans-cul?

– Non, répond Will en me jetant un regard noir. Mais les femmes avec qui j'ai des relations savent que les autres existent. Elles savent aussi que je n'ai rien de plus à leur offrir, ce qui fonctionne parfaitement parce qu'elles non plus. Chacun obtient ce qu'il veut. Il fait un

Beautiful SEX BOMB

geste agacé des mains et hausse les épaules : « Je ne suis pas du genre à courir à la pharmacie ou à baiser une fille au milieu d'une réunion de travail parce que je ne trouve pas d'autre créneau dans mon agenda. »

– D'accord...

Henry et moi avons répondu en chœur. La voiture freine à un stop, nous regardons par la fenêtre.

Will lance :

– On dirait que nous sommes enfin arrivés. Bon sang, qu'est-ce qui a pris tant de temps ?

La porte s'ouvre et nous sortons devant le Wynn, en observant les alentours. Un vrai chaos. Les voitures sont arrêtées dans le virage, la plupart encore en train de rouler, les portes ouvertes. Des hôtesses désorientées observent la scène avec inquiétude.

– On dirait qu'une prise d'eau a éclaté dans le coin, nous dit notre chauffeur en faisant un geste vague derrière lui : « Je peux vous déposer ici mais j'aurai sûrement une heure de retard au moins pour venir vous chercher. »

Les autres contournent la voiture pour me rejoindre, je soupire en regardant ma montre.

– Ça ne devrait pas être un problème. Nous allons dîner et quelque chose me dit que nous allons prendre notre temps.

Je suis partagé entre mon désir de sortir avec mes meilleurs amis et celui de m'assurer que Sara va bien. Je suis toujours plus nerveux malgré le merveilleux moment que j'ai passé avec elle il y a à peine une heure.

Notre chauffeur hoche la tête et nous le laissons là. Nous nous enfonçons dans le casino, en suivant les pancartes qui indiquent le restaurant. La musique d'un club tout proche résonne à travers les murs, et sous nos pieds. Nous traversons le restaurant élégant pour nous asseoir à notre table. Le rythme de la musique est bien en adéquation avec la tension grandissante que je ressens dans mes membres, le refrain *Sara Sara Sara* sous ma peau.

Pour la centième fois, je jette un coup d'œil à mon téléphone en fronçant les sourcils car je n'y vois aucun nouveau message. Où est-elle ? Bennett a-t-il trouvé Chloé ? Si c'est le cas, pourquoi Sara ne m'en a-t-elle rien dit ?

Je parcours les photos les plus récentes sur mon téléphone : une de nous deux pelotonnés dans mon lit ; une photo d'elle, les jambes écartées sous moi, l'air apaisé après une étreinte intense ; un gros plan de ses seins nus ; ma main sur son cul quand je la prends par-derrière le soir dans mon bureau.

Je réalise que j'ai perdu le fil de la conversation quand la voix de Will me tire de mes rêveries. Je détache les yeux de la photo des lèvres rouges de Sara autour de mon sexe.

– *Max*, répète Will, en tapant sur la table.

Je lève les yeux, surpris : notre serveur attend, debout à côté de la table. Je verrouille mon écran.

– Quelque chose à boire, Monsieur ?

– Désolé, je murmure. Un Macallan, sec.

Beautiful SEX BOMB

– Douze, dix-huit ou vingt et un ans d'âge ?

J'écarquille les yeux :

– Vingt et un. *Magnifique.*

Après l'avoir noté, il s'éloigne. Je reprends mon téléphone, mais Will m'interrompt encore une fois.

– Partage avec les copains ou range-moi ce truc. Je sais ce qu'il y a là-dedans, gros cochon. Pas de filles, tu te souviens ?

Henry acquiesce en me lançant un morceau de pain de l'autre côté de la table :

– Un week-end entre mecs.

Will se penche pour me chuchoter à l'oreille :

– Je ne suis venu ici que parce que tu m'as promis que je ne serai pas une roue de secours.

Je soupire en rangeant mon téléphone dans ma poche. Je sais qu'il a raison. Quand je relève les yeux, je suis surpris de voir Bennett qui vient vers nous à travers le restaurant.

– Eh bien, regardez qui va là, dis-je.

Henry tire la chaise de son frère.

– Tu te sens mieux ?

– Beaucoup mieux, répond-il en déboutonnant sa veste de costume avant de s'asseoir.

Ce con de Bennett *sourit.*

Nos verres arrivent, j'attrape le mien en le dévisageant à travers le liquide ambré.

– Ça ne t'a pas pris trop longtemps, n'est-ce pas ?

Je lui demande en sentant qu'il perd sa contenance. Je suis satisfait : « La rapidité est une grande qualité. Surtout dans le cas d'une *pharmacie.* »

– Il n'y a rien qui rende un homme plus heureux que l'efficacité, m'accorde-t-il en souriant, content de lui.

– Alors tu es le roi du monde, fais-je en levant mon whisky pour trinquer avec son verre d'eau : « Prends-toi un cocktail pour célébrer l'efficacité des pharmacies du monde entier. »

– Pourquoi ai-je la sensation qu'il y a un sous-entendu que je ne capte pas ? siffle Will en nous regardant, incrédule. Ses yeux se plissent : « Y a-t-il quelque chose qu'on devrait savoir ? »

J'éclate de rire.

– Je ne vois pas de quoi tu parles, mec. Je me fous juste de sa gueule.

Henry commence à regarder le menu, mais Will n'a pas l'air convaincu du tout. Pourtant, il cesse de nous fixer quand Henry attire son attention vers un chariot juste à côté de nous, sur lequel flambe de la viande.

Les voyant suffisamment distraits, je me penche vers Bennett :

– Où est Sara ?

– Tu aimerais bien le savoir, hein ?

Je lui jette un regard de glace :

– Enculé !

– C'est toi qui as commencé ! s'exclame Bennett en attrapant mon verre.

Je lui donne une tape sur la main.

– Moi ? Qu'est-ce que tu veux dire ?

– Tu sais : Chloé ? Ici ? J'ai beau être reconnaissant, n'essaie pas de prétendre que tu n'es pas derrière la lap-dance.

– J'ai organisé tout ça pour *toi*.

– Pour moi, répète-t-il en souriant. Certes. Afin que je sois suffisamment distrait pour te laisser le temps de voir Sara au club. Il a peut-être raison : « Et ne me dis pas que si Sara t'avait excité pendant 45 minutes dans un club de strip-tease, tu ne serais pas immédiatement parti la retrouver et... arranger les choses. Même si tu étais censé sortir avec tes potes. »

J'éclate de rire.

– Très vrai. Je m'approche de lui, la voix basse. L'idée de sortir d'ici et de passer encore un moment avec Sara est trop délicieuse pour être écartée : « Ce dîner va durer au moins deux heures. Je pourrais revenir dans vingt minutes... »

Au moment où il tend la main vers mon verre, je le laisse le prendre.

– Elle voit une amie, murmure-t-il.

Je m'immobilise.

– Voit... quoi ?

– Oh, ça te dérange ? Un sentiment d'inachevé ? Je ne suis pas sûr que je devrais te le dire... Il est assez clair que ton début de soirée a été bien plus satisfaisant que le mien. Tu devrais peut-être te concentrer sur ma soirée d'enterrement de vie de garçon et cesser d'écouter ce qui se trouve dans ton pantalon.

– Ou... je pourrais raconter à Henry la fois où tu as baisé deux filles dans son lit pendant qu'il était coincé à la fac en train de travailler pendant les vacances universitaires.

Ça le calme tout de suite.

– L'une de ses amies danse dans un spectacle au Planet Hollywood. Chloé a dit que Sara y allait pour assister à une répétition ou quelque chose comme ça.

Sara assise dans une salle sombre, toute seule ? C'est tout ce que j'ai besoin de savoir. Je me lève de table. Will et Henry lèvent la tête de leurs menus.

– Où vas-tu ? demande Henry. Ils ont un faux filet de 400 grammes !

– Toilettes, dis-je en passant une main sur mon ventre. Je... ne me sens pas bien.

– Toi non plus ? demande Will.

J'acquiesce en hésitant quelques secondes avant de répliquer :

– Je reviens tout de suite.

Je suis libre. Je cours hors du restaurant. Le sang bat dans mes artères, ce besoin irrépressible de la voir m'envahit totalement.

L'odeur de l'asphalte me frappe quand je cours dans la rue, en vérifiant à chaque enjambée, sur mon téléphone, la distance qui me sépare du Planet Hollywood. Ça ne m'arrange pas. Il est à quelques blocs du restaurant mais, à cette heure de la nuit, les rues sont remplies de touristes marchant lentement, pointant toutes les pancartes lumineuses du doigt, s'interposant entre Sara et moi.

Même si les embouteillages du Las Vegas Boulevard se sont calmés, la zone des voituriers est toujours chaotique : plusieurs voitures sont garées dans le virage, aucun taxi en vue. *Putain,* comment vais-je arriver jusqu'à elle ? Je regarde la voiture juste à côté de moi: la porte ouverte, des clés avec un porte-clés Tour Eiffel sur le contact...

Les clefs se *balancent,* comme si elles voulaient attirer mon attention.

En cinq secondes, je décide que ne jamais avoir volé de voiture est une lacune inconcevable dans ma vie.

Emprunter, plutôt. Je l'emprunte.

Après avoir jeté un regard autour de moi, je me glisse à l'intérieur et je mets le contact. Un chapeau noir se trouve sur le siège de cuir à côté de moi. Je le prends et je le fais tourner avant de le placer sur ma tête. Je ressemble à un acteur de comédie romantique.

Je n'ai aucune idée de ce que je suis en train de faire. J'accélère : au point où j'en suis, plus rien ne peut mal tourner.

~

Conduire une limousine volée – *empruntée* – n'est pas aussi facile qu'on pourrait se l'imaginer. C'est étrange, j'ai du mal à la manipuler, ce qui ne passe pas inaperçu sur la route. Mais il n'y a pas un chat, j'arrive bientôt en face du casino éclairé de néons.

Je croise les doigts en entrant dans le parking souterrain, je jette mon chapeau et les clés au premier voiturier que je croise. Emprunter une voiture étrangère pendant un week-end d'enterrement de vie de garçon à Vegas... une autre croix sur la liste des choses à faire avant de mourir.

J'arrive devant des escalators à l'entrée du club, je préfère courir et les monter à grands pas au lieu d'attendre immobile pour reprendre mon souffle. Des néons violets sont incrustés dans le plafond ainsi qu'un énorme lustre scintillant. Je traverse le casino avant de m'arrêter devant la salle du peep-show.

Une vieille dame assise en face du comptoir des tickets m'apostrophe. Elle insiste sur le fait que les répétitions ne sont accessibles qu'aux danseurs et à l'équipe.

Je passe quelques secondes à l'étudier – cheveux blonds, racines grises, maquillage épais et un top à sequins rouges –, je me décide à jouer de mes atouts avec «Marilyn», le prénom que je peux lire sur l'étiquette épinglée sur sa poitrine. Elle doit avoir vu son lot de ratés pourchasser les danseuses ici.

– Une danseuse m'a appelé pour me dire qu'elle était enceinte de moi. Elle m'a dit que je pourrais la trouver ici.

Les yeux de Marylin s'écarquillent.

– Votre nom n'est sur aucune liste.

– Parce que c'est personnel, voyez-vous...

Elle acquiesce, je sens qu'elle hésite.

Je décide de conclure l'affaire.

– Je suis ici pour m'assurer qu'elle va bien. Une bouffée de culpabilité m'envahit au moment où je mens, mais l'image de Sara, toute seule dans la salle sombre, s'impose: «Je dois savoir si elle a besoin d'argent.»

Une fois dans l'auditorium plongé dans l'obscurité, je regarde autour de moi. Les lumières de la scène

Beautiful SEX BOMB

plongent toute la salle dans une teinte violette – le tapis épais, les sièges, les quelques personnes en train de bouger sur la scène. L'atmosphère est calme entre les numéros, il y a juste assez de lumière pour me permettre de trouver Sara, assise au milieu de la deuxième rangée. Je descends lentement les escaliers, en prenant tout mon temps pour l'observer. Elle ne sait pas que je suis si proche. Elle contemple quelqu'un en train de danser, elle sourit. La lumière violette la rend éblouissante. J'ai envie de fixer la scène – ses cheveux brillants, sa peau parfaite – et de prendre une photo d'elle.

La répétition commence, la musique retentit, les lumières se concentrent sur la scène. J'arrive au niveau de la deuxième rangée, je m'assois à côté d'elle. Je vois à peine où je mets les pieds, mais comme si elle savait que j'étais là depuis le début – ou peut-être espérait-elle simplement que je la retrouve –, elle réagit à peine quand elle sent une présence à ses côtés. Un simple coup d'œil, un petit sourire, elle continue à triturer de ses doigts délicats le petit pendentif en or que je lui ai offert à Noël. Je pose une main sur sa cuisse; sa peau est chaude et souple. Je fais un signe vers la scène.

Un homme compte à rebours, les filles dans des costumes rutilants se balancent sur la pointe des pieds, tournent sur elles-mêmes. Les regarder m'étourdit. Elles dansent, deux par deux, les unes autour des autres, et s'arrêtent finalement sous un rayon de lumière pour s'embrasser.

Mes doigts se resserrent sur sa cuisse, mon pouce glisse sous l'ourlet de sa jupe, j'entends sa respiration s'accélérer légèrement. Nous sommes seuls dans l'obscurité, juste en dessous de la scène. Je me demande : le plaisir de Sara à s'exposer en public est-il en train de se convertir en voyeurisme pur ?

Ma main remonte sur sa jambe, je me penche pour embrasser son oreille. Elle soupire, incline la tête. Je déplace ses cheveux et l'embrasse le long du cou.

Elle se rejette en arrière juste assez pour que nos yeux se croisent, puis son regard revient sur les danseurs, comme pour me consulter en silence. *Ici ? Pendant qu'ils dansent et se touchent sur la scène ?*

Une femme glisse sur une barre dorée, le projecteur accentue chaque mouvement acrobatique de ses membres gracieux et met en valeur la façon dont son corps joue avec la musique. C'est très érotique, je me sens bander encore plus, excité autant par le spectacle que par les réactions de Sara.

Je souris en me décalant sur mon siège pour lui murmurer à l'oreille :

– À quoi tu penses ?

– Comme si tu ne le savais pas !

– J'ai peut-être envie de te l'entendre dire...

Elle avale sa salive :

– Est-ce qu'on va... J'entends le désir dans sa voix. L'écho de sa douleur, de la sensation de déchirement que j'ai perçue tout à l'heure au Black Heart.

– Peut-être pas *totalement*, princesse, dis-je pendant que mes doigts s'aventurent plus haut,

Beautiful SEX BOMB

décalant la dentelle de sa culotte sur le côté pour passer un doigt sur les plis soyeux de son sexe : « Tu es toujours aussi trempée pour moi ? »

Elle passe la langue sur ses lèvres pour les humidifier.

– Oui.

J'enfonce un doigt en elle.

– Tu sens encore que je t'ai baisée tout à l'heure ? Tu me sens toujours ?

Je la pénètre un peu plus en avant. Elle hoquette de plaisir. Sa bouche s'ouvre légèrement, ses lèvres brillent dans la pénombre.

– On pourrait nous voir, murmure-t-elle, sa tête tombe en arrière et ses yeux se ferment.

Elle lutte pour trouver les mots quand je la pénètre d'un doigt supplémentaire. Je souris en la voyant à bout de souffle, totalement incohérente.

– Est-ce que ce n'est pas le but ?

– Les caméras...

Je regarde en l'air et hausse les épaules.

– Que ferais-tu si quelqu'un te voyait comme ça, chère Sara ? Est-ce que ce ne serait pas encore meilleur ? Tu jouirais tout de suite contre ma main si tu entendais du bruit dans les escaliers, n'est-ce pas ?

Elle gémit doucement, je ne peux détacher mon regard de ses cuisses que je caresse. Elle les écarte plus large encore, elle se cambre sur mes doigts. J'aime la voir flexible et souple comme cela, elle correspond parfaitement à mes désirs. Mais j'aime également la voir désespérée, s'oubliant elle-même.

Je grogne en attrapant ma queue dans mon pantalon. *Putain*, est-ce que ce sera toujours comme ça ? La désirerai-je toujours de cette manière qui m'étourdit et me rend totalement stupide ?

Je voudrais la mettre sur mes genoux pour qu'elle s'empale sur moi, entendre ses gémissements, la manière dont elle répète mon prénom encore et encore, entendre ses cris résonner sous la hauteur de plafond, en rythme avec à la musique. Ils feraient écho, reviendraient dans mes oreilles, les gens qui dansent sur scène sauraient qu'elle m'appartient.

Bien sûr, c'est impossible. Un petit gémissement s'échappe de mes lèvres quand je me penche et chuchote un doux « Chhhh... » contre sa peau. Ses yeux sont rivés sur la scène où une femme danse seins nus. Je lutte pour deviner l'expression de Sara dans l'obscurité de l'auditorium. Le bruissement du tissu attire mon attention plus bas, là où elle joue avec sa poitrine, en tirant sur les pointes de ses seins dans l'ouverture de son chemisier. Elle est si excitée par ce que nous faisons, par le lieu – voir et être vue – que je pars au quart de tour. Je suis à deux doigts de jouir dans mon pantalon.

Mon cœur bat contre mes côtes, je touche ma queue, regardant, écoutant Sara s'approcher de l'orgasme. Le rougeoiement des lumières de la scène me permet de discerner la transpiration qui perle sur son front. Je la sens se resserrer autour de mes doigts. Ses gémissements évoluent, s'assourdissent à chaque cercle dessiné par mon pouce sur son

Beautiful SEX BOMB

clitoris, à chaque mouvement en rythme de ses hanches.

Je sens mon orgasme imminent. « Sara » fais-je. Elle se penche en avant et m'embrasse avec violence. Je regrette de ne pas avoir mon téléphone, ou un appareil photo, pour immortaliser la manière dont ses dents tirent sur mes lèvres, dont sa langue se précipite sur la mienne pour me goûter.

Sa respiration s'accélère, son corps se tend, la jouissance la submerge, impérieuse. Ses halètements sont étouffés par les basses de la musique. Elle tend la main pour ouvrir ma fermeture Éclair, je suis dur comme du granite.

– Oh ! bon Dieu oui, dis-je, fondant presque sur mon siège. Ma tête se renverse en arrière et je me laisse aller à la sensation : « Putain, princesse, serre-moi fort. Vite. »

Elle me branle sans précautions, je sens le plaisir exploser dans ma verge. De la lumière éclate devant mes paupières, je jouis dans la main de Sara.

Le son de la musique diminue soudain, j'ouvre les yeux, sentant la chaleur s'échapper de ma queue pour revenir dans le reste de mon corps. Je bats des paupières, rencontrant le large sourire de Sara, son expression de bonheur comme à chaque fois qu'elle se prouve à elle-même que je lui appartiens.

Je murmure : « Quelque chose à ajouter à la liste » en me concentrant à nouveau sur les danseurs toujours en train d'errer sur la scène. Je la regarde sortir quelque chose de son sac, un mouchoir pour se nettoyer les mains avant de tamponner mon pantalon.

– J'imagine que nous sommes revenus au bon vieux temps ? Au moment où tu me dis que ça s'arrête ici et que je dois remonter ma braguette avant de partir ?

Sara éclate de rire.

– Comment as-tu réussi à t'échapper ?

– Je leur ai dit que j'allais aux toilettes et je suis parti.

Ses sourcils se relèvent tant qu'ils disparaissent dans ses cheveux, son rire grandit.

– Et tu y es resté tout ce temps ?

J'acquiesce.

– J'imagine qu'ils vont essayer de piger ce que nous faisons au juste ici. Je m'en fous. Je finis de réajuster mes vêtements et me rassois dans le fauteuil, en prenant son visage entre mes mains. Je passe un doigt le long de son nez : « Je dois y aller. »

– Oui.

– Je t'aime, princesse.

– Je t'aime aussi, l'Anglais.

CHAPITRE 5

Bennet Ryan

Je suis à peu près sûr d'être passé pour un idiot. Will et Henry continuent de siroter leurs boissons et d'étudier le menu sans me prêter la moindre attention. Mon large sourire me trahit totalement, je suis à deux doigts d'éclater de rire.

Malgré le départ soudain de Max, je me délecte toujours du plaisir que j'ai eu à suivre Chloé. Sans parler de lui donner une fessée et de la baiser dans les toilettes. Elle sera bientôt ma femme...

La chance que j'ai m'émerveille toujours.

– Avez-vous fait votre choix, Messieurs ? demande le serveur en retirant les verres vides de la table avant de les poser sur son plateau. Will et Henry lèvent les yeux pour la première fois en dix minutes et jettent un regard surpris autour de la table.

– Max n'est pas encore revenu ? lance Will.

Je secoue la tête en repliant ma serviette pour éviter son regard.

– Ça n'a pas l'air.

– On l'attend ou... demande évasivement Henry. Je pourrais sortir et tuer le temps à l'une des tables du casino...

Je jette un coup d'œil à ma montre et je rouspète ; l'excuse des toilettes perd de sa crédibilité à chaque minute qui passe. Je me fiche pas mal de savoir si Max sera pris en flagrant délit – ça rendrait ma soirée peut-être même plus savoureuse encore –, mais si Max se trahit, moi aussi. Il nous reste un week-end entier à passer avec les garçons et Will en ferait un enfer vivant s'il découvrait qu'on a filé en douce pour baiser nos copines le jour de la Saint-Valentin.

À dire vrai, Will est le seul célibataire ici, et le plus attaché à l'idée de sortir entre mecs. Je sens une piqûre de culpabilité : de nous trois qui préférons les femmes au jeu, il est le seul qui ne baisera *pas* ce week-end.

– Je suis sûr qu'il va revenir d'une minute à l'autre. Il ne devait pas se sentir bien.

– Mais qu'est-ce que vous avez mangé tous les deux, putain ? grogne Henry.

Au moment où je cherche une réponse adéquate, je me rappelle que le serveur attend notre commande, il soupire : « Je vous laisse encore quelques minutes pour décider » avant de s'éloigner.

Les yeux de Will se plissent.

– Ouais, qu'est-ce qui se trame ici ? marmonne-t-il. Il est impossible de survivre à une si grosse diarrhée.

– Merci pour cette analyse élégante, je réponds en posant ma serviette sur mon assiette avant de me

Beautiful SEX BOMB

lever : « Je vais aller faire un tour aux toilettes pour voir s'il en a encore pour longtemps. Vous deux, commandez pour nous. Je prendrai le filet. Saignant. » Je commence à m'éloigner, puis je m'arrête pour leur faire face : « Oh, et reprenez un verre. C'est pour moi. »

L'atmosphère du restaurant a changé depuis le début de la soirée. La lumière des plafonniers et des appliques est passée du blanc au doré, plongeant la salle dans des couleurs chatoyantes. La musique est forte, pas suffisamment pour nous empêcher de parler mais assez pour retentir dans nos poitrines, comme un second pouls. L'endroit ressemble maintenant plus à une boîte de nuit qu'à un restaurant, ce qui me facilite la tâche. Je sors de la salle ni vu ni connu pour envoyer un message à Max.

OÙ ES-TU, PUTAIN ?

J'arpente le parquet brillant devant l'entrée, en me demandant si m'en aller ne serait pas la solution. Mon téléphone vibre moins d'une minute plus tard. Nouveau message.

EN TRAIN DE ME GARER. DEUX MINUTES.

Je réponds : IL FAUT QU'ON DISCUTE. JE T'ATTENDS À CÔTÉ DES VOITURIERS.

Après un regard pour m'assurer que ni Will ni Henry ne m'ont suivi, je me dirige vers la sortie pour retrouver Max.

Le casino grouille d'activité. Des rires et des hourras me parviennent d'une table, deux officiers de police se tiennent près de l'entrée, s'entretiennent avec les voituriers.

Max passe la porte et s'arrête en face de moi, pour reboutonner sa veste de costume et lisser sa cravate.

– Ce que tu peux être impatient, lance-t-il en jetant un coup d'œil à la police avant de m'attraper par le bras : « On pourrait peut-être aller un peu plus par là... » Il nous dirige vers une zone en dehors de leur champ de vision.

– Oh ! c'est rassurant. Tu évites la police, maintenant ? Mon Dieu, mais que s'est-il passé ? J'ai l'impression d'être le complice d'un crime, dis-je en passant une main dans mes cheveux.

– Moins tu en sauras... Crois-moi, mec.

– Et les toilettes, Max ? Vraiment ? Tu ne pouvais pas trouver une meilleure idée ?

– Parce que ton excuse était brillante, peut-être ? Un ulcère ? Tu as perdu ton talent, mec. Le Ben que j'ai rencontré à l'université aurait honte. Ça doit être l'amour.

Je soupire en regardant derrière moi.

– Tu es parti presque une heure. Qu'est-ce qui t'a pris si longtemps ?

Il sourit de toutes ses dents. Il a l'air heureux. Putain, il a l'air carrément insouciant. Je connais cette expression, elle était sur mon visage il y a dix minutes.

– J'ai offert à Sara un orgasme de fou, mec.

– OK, très bien. Je ne veux pas savoir.

– C'est toi qui as posé la question... Il fait craquer son cou : « Comment vont les garçons ? »

– Ils sont en train de remplacer plusieurs litres de leur sang par de la vodka tout en discutant de la technique de maturation de la viande.

Beautiful SEX BOMB

– Ne devrions-nous pas penser à dîner, alors ?

Il avance vers le restaurant, mais j'attrape son bras pour l'arrêter :

– Écoute, tu sais ce que j'ai fait et je sais ce que tu as fait, pas besoin de se la jouer. À New York, j'ai de la chance quand je passe dix minutes seul avec Chloé. Elles ne sont là que ce soir. Entraidons-nous pour en profiter.

Son visage s'apaise, il acquiesce.

– Suis-je le seul à trouver hilarant que ce soit la Saint-Valentin et que *nous* agissions comme des idiots en les pourchassant, plutôt que l'inverse ?

– J'y ai pensé une ou deux fois, oui, dis-je en hochant la tête. Ces filles nous font marcher sur la tête. Il nous faut un plan. Il ne sera pas difficile de plonger nos camarades dans le coma en les exhortant à avaler des entrecôtes monstrueuses, mais ça ne durera pas toute la nuit. Will commence à avoir des soupçons.

– Je suis d'accord. Que sait-il, d'après toi ?

– Je ne suis pas sûr. Henry n'a pas arrêté de boire ou de tripoter ses jetons de poker dans sa poche mais Will... il trouve que nos problèmes digestifs sont suspects.

Max s'impatiente :

– Je veux la retrouver, vieux. Je dois être honnête. Elle est là et elle... eh bien, j'aimerais la revoir. Il me regarde, j'acquiesce. Je le comprends : « Will ne me foutra jamais la paix s'il réalise que je ne suis pas capable de passer un week-end entier sans la voir. Tu le *connais*. Je l'adore, mais il nous traque assez comme ça. »

– Je vois tout à fait. Mon frère adore m'emmerder au sujet de Chlo, parce que je couchais avec elle pendant qu'elle travaillait encore pour moi. S'il découvre le pot aux roses, je ne pourrai plus jamais passer un repas avec la famille Ryan sans qu'il en fasse des tonnes avec l'histoire de *l'autre fois où Bennett ne pouvait pas la garder dans son pantalon.* Putain.

– Ouais.

– Alors, on fait quoi ? Si on veut les retrouver ce soir, quelles sont nos options ?

Max fait les cent pas en face du comptoir avant de se retourner pour me regarder dans les yeux.

– Je crois que j'ai une idée.

– Dis-moi tout.

– Je pense... Il fixe le sol, en continuant de rassembler les pièces du puzzle dans sa tête : « Je pense... nous avons besoin d'une distraction, hein ? Et on veut s'assurer que Will passera une nuit de folie. »

– Mais ça ne doit pas se limiter à une soirée très alcoolisée, fais-je en acquiesçant. Ces deux-là ont bu toute la soirée, et leurs cerveaux semblent continuer à fonctionner. Je n'ai pas non plus envie de les ligoter pour les foutre dans un caniveau.

– Évidemment.

Max sort son téléphone de sa poche et parcourt ses contacts. Je me place à côté de lui tout en continuant à regarder derrière moi, inquiet qu'Henry arrive et me ramène par la peau du cou à la table.

Quand je me retourne vers Max, il a choisi un numéro.

Beautiful SEX BOMB

– Qui appelles-tu?

– M. Johnny French, répond-il.

– Comment le connais-tu, au fait? Un vieil ami?

Max éclate de rire.

– Je ne suis pas sûr de pouvoir le considérer comme un ami. Je ne suis pas sûr qu'il considère *quiconque* comme son ami, vraiment. Mais il me doit quelques faveurs et, comme tu as vu, il connaît une foule de personnes qui pourraient nous être utiles dans notre situation.

– J'ai peur de comprendre où tu veux en venir.

– Fais un peu confiance, mec. Will est un homme à femmes, dit-il en souriant. On va juste... l'aider un peu.

– L'aider?

Max hausse les épaules.

Je crie presque:

– Tu veux dire, embaucher une *escort-girl*?

Max me fait signe de me taire en observant autour de lui.

– Un peu plus fort, peut-être? Qui aurait cru que tu étais si prude, Ben? Je suis un peu surpris... Je ne vais pas le laisser coucher avec elle. Nous devons seulement *faire diversion*. Nous allons lui amener une fille sur un plateau.

– Mais...

Il lève un doigt pour m'intimer le silence et met le haut-parleur. Après quelques sonneries, un homme à la voix grave répond: Johnny French.

– Que puis-je *encore* pour vous, Max?

– Comment allez-vous ce soir, M. French?

– Toujours très bien.

– J'espère que je ne vous réveille pas.

Un rire rocailleux retentit de l'autre côté de la ligne.

– Très drôle. J'imagine que tout se passe à votre convenance ?

Max sourit, je ne saisis pas. Je réalise que je n'ai aucune idée de ce que Max a fait au club. Je sais qu'il y avait Sara, mais je commence à me demander si les détails ne sont pas un peu plus... sordides que ce que j'imaginais.

– C'était brillant. Vraiment brillant. Comme d'habitude, bien sûr. Vous avez un club du feu de Dieu.

– Bien, je suis content de l'entendre. Maintenant, allez droit au but.

– Je vous appelle pour un petit service.

– Je m'en doutais, répond platement Johnny.

– Le fait est que nous nous trouvons dans une situation un peu embarrassante et que nous aurions besoin d'un petit coup de pouce pour nous en sortir.

– Je vous écoute.

– Nous avons besoin de faire diversion.

– Faire diversion ?

– Oui. Comme vous le savez, Sara et Chloé sont à Vegas. Mais nos amis aussi...

– Je vois... Vous aimeriez vous en débarrasser.

– Pas exactement. Nous voudrions seulement qu'ils soient... occupés. Un ami en particulier. Nous aimerions qu'il soit... pris pour quelques heures.

– Pour vous échapper avec vos copines le soir de la Saint-Valentin.

Max sourit :

– Quelque chose comme ça.

Le silence envahit la ligne téléphonique. Max et moi nous nous regardons, l'air interrogatif.

Je lui demande en silence :

– Il a raccroché ?

Max hausse les épaules

– Toujours là, vieux ? lance-t-il.

– Oui. Et ouais, pas de problème. Je suis sûr d'avoir la parfaite distraction en tête.

– Je ne lui fais pas confiance, dis-je quand nous nous dirigeons vers le restaurant.

– Arrête de t'inquiéter. Johnny tient toujours ses promesses. Je peux te l'assurer.

– Il n'avait pas l'air très heureux d'avoir de tes nouvelles.

Max balaye mes doutes d'un geste agacé.

– Il n'est pas du genre à m'offrir des fleurs ou à me dire que je suis mignon.

– Il avait l'air de penser qu'on était des trous du cul.

– Nous *sommes* des trous du cul.

Il n'a pas tort.

– Et alors, que fait-on de Henry ? je renchéris en m'arrêtant sur les marches à l'entrée du restaurant.

– Tu penses qu'il pourrait poser problème ?

– Je pense que si je glissais mille dollars dans sa poche, on ne le reverrait plus d'ici mardi matin.

– Belle idée ! Donc on dîne tranquillement, on attend que Johnny envoie quelqu'un et on retrouve les filles. Si tout va bien, je ne reverrai pas ta sale tronche avant demain matin, quand nous commencerons l'enterrement de vie de garçon à proprement parler.

– Marché conclu.

Nous nous serrons la main avant d'entrer résolument dans l'immense salle.

Will et Henry se trouvent exactement là où nous les avons laissés, maintenant entourés d'une montagne d'assiettes et de plats. Il y a de la viande et du poisson, de la salade au bacon, des plats de légumes cuits à la vapeur et des crustacés gros comme j'en ai rarement vus.

– Waouh, dit Max en regardant l'amoncellement de nourriture. Vous aviez faim ?

– On ne savait pas ce que tu voulais, répond Henry en haussant les épaules. Ben invite, donc...

– Tu te sens mieux ? demande Will à Max d'un air sceptique.

– Bien mieux, merci. Totalement affamé.

Nous nous asseyons et Max fait un signe au serveur :

– Un autre Macallan, s'il vous plaît.

– Et une vodka tonic pour moi. Je fais un signe vers Henry et Will : « Et un autre verre pour ces deux-là. »

– J'ai raté quoi ? s'enquiert Max en remplissant son assiette de pommes de terre. Avez-vous fini par vous résoudre à faire votre coming-out et à vous enfuir tous les deux ? Il y a une chapelle au rez-de-chaussée, je crois. Dans le casino.

– Ahah, lâche Will. Nous étions en train d'essayer de deviner qui serait le prochain sur la liste. J'ai parié avec Henry que ce serait toi.

Beautiful SEX BOMB

– Oh! ça je ne sais pas, dit Max. On ne sait jamais ce qui peut arriver avec l'un des tes plans-cul réguliers.

Will se met à rire.

– Et alors Stella? Tu penses que Sara et toi allez sauter le pas? lance Henry.

Max sourit comme toujours quand il parle de Sara.

– Je n'en ai pas encore discuté avec elle, je ne vais certainement pas aborder le sujet avec vous.

– Mais tu y as pensé? je le coupe.

Je n'ai jamais vu Max aussi amoureux avant Sara. Je connais ce sentiment. Il a dû au moins considérer l'option.

– Bien sûr. Mais nous sommes ensemble depuis si peu de temps. Nous avons toute la vie.

Une autre tournée de verres arrive et Max attrape le sien pour porter un toast:

– Pour Bennett et Chloé. Que votre vie ensemble soit sans nuage, et s'il y en a – il ne faut pas rêver – qu'ils soient suivis de parties de jambes en l'air mémorables.

Nous entrechoquons tous nos verres avant de boire une grande gorgée. La salle semble s'agrandir puis rétrécir, je pose ma vodka pour prendre mon verre d'eau.

– J'ai hâte de me retrouver en face d'une table de jeu, commence Henry en se frottant les mains. J'ai discuté avec des croupiers tout à l'heure. Je suis assez déçu qu'ils soient du genre à faire confiance aux statistiques sans prendre de risques. Mais bon, je ne peux pas gagner contre tous.

– Waouh, on dirait que tout ça t'intéresse vraiment...
dis-je en me demandant si je ne devrais pas m'en
inquiéter.

Il hausse les épaules et découpe son steak. Je me
promets que s'il commence à parler de compter
les cartes ou de m'engager comme observateur,
j'interviendrai. Qui a dit que j'étais un mauvais frère?
Notre dîner continue sur sa lancée, Max et moi
lançons des regards de conspirateurs vers la porte.
Au moment où Will va aux toilettes, Max reçoit
un message.

– Elle est là, murmure-t-il. Il pianote sur son portable
et appuie sur ENVOYER: «J'ai décrit à Johnny ce que
Will porte et je lui ai dit qu'il devrait se trouver vers
l'entrée du restaurant. Le grand moment arrive.»

– C'est trop facile, je chuchote en regardant autour
de moi, mal à l'aise: «Depuis que j'ai rencontré Chloé,
rien dans ma vie n'a été aussi facile.»

– Tu veux bien te détendre? siffle-t-il. Ce n'est pas
un délit d'initiés, c'est seulement un moyen de nous
permettre de nous échapper pour baiser. Calme-toi.

– Waouh.

Je lève les yeux en entendant l'exclamation d'Henry
et je suis son regard à travers la pièce. Une femme a
arrêté Will qui revenait vers la table. Elle est... *belle,*
avec des kilomètres de cheveux roux et un maquillage
parfait. Une véritable œuvre d'art. Elle porte une
courte robe-bijou qui galbe son corps, et sourit en
regardant Will, sa main posée sur son avant-bras.

Mais...

Beautiful SEX BOMB

Je donne un coup de coude à Max en la pointant du doigt :

– C'est la femme que Johnny a envoyée ?

Ses yeux s'écarquillent avant de se plisser, comme s'il essayait de la voir de plus près, pour évaluer ce qui cloche.

– Bord... fait Henry. Max commence à écrire furieusement un message, Henry et moi continuons à observer Will. L'escort l'attire vers le bar. On dirait que Will va lui payer un verre.

– Je suis perdu. Est-ce que c'est... ?

Will regarde vers la table, rencontre mes yeux. Et oh, merde. J'éclate de rire, en comprenant maintenant. Johnny s'est foutu de notre gueule. À la seconde où la femme l'a abordé, Will a deviné ce que nous avions fait. Le pugilat a commencé.

– Quel enculé, marmonne Max. Mais je n'ai pas le temps d'ouvrir la bouche, Red semble prête à ouvrir les hostilités avec Will.

Nous sommes absorbés par la scène : l'escort se penche en avant, lui chuchote quelque chose à l'oreille. De sa grande main – plus grande que la mienne –, elle triture le tissu de sa robe contre sa poitrine. Will se met à rire puis il secoue la tête avant de faire un signe vers notre table.

Elle attrape sa chemise et l'attire vers elle, avec un sourire plein de séduction. Elle l'embrasse à pleine bouche. *Bordel.*

Il fait un pas en arrière, étourdi, avant de revenir vers nous. Nous nous jetons un coup d'œil au moment où il s'assoit. Nous ne sommes pas sûrs de comprendre ce qui vient de se passer. Will reste silencieux pendant quelques instants et cligne plusieurs fois des yeux avant de prendre son verre. Il le vide d'un trait, puis respire un bon coup.

– Vous êtes un tas d'enculés, s'écrie-t-il en enfournant une crevette dans sa bouche : « Mais il n'embrasse pas mal pour un mec. »

~

Will a l'air ravi de son expérience. Je l'observe, qui examine avec soin le plateau des desserts, toujours en train de sourire, putain.

Je demande à Max :

– Suis-je vraiment *très* bourré ou a-t-on vraiment engagé une call-girl transsexuelle pour distraire notre pote ?

Il me montre son téléphone sans répondre, le message le plus récent est une photo de la main de Johnny, qui fait un doigt d'honneur. Parfait.

J'éclate de rire en reposant mon verre un peu plus fort que je n'en avais l'intention.

– Je ne vais pas te dire que je te l'avais dit mais autant que tu t'en souviennes : je te l'avais dit !

– Va te faire voir, répond Max en se tripotant les cheveux. Ce n'est pas fini. Will va prendre son temps et tout foutre en l'air. Est-ce que tu sais combien d'épreuves j'ai traversées ce soir pour être avec Sara ? Je me suis échappé pendant le week-end

d'enterrement de vie de garçon de mon meilleur ami.
J'ai volé une limousine. J'ai engagé une drag queen
pour mon autre meilleur ami, Bennett.

Est-ce un effet de l'alcool ou seulement l'absurdité
de la situation, j'éclate de rire sans pouvoir me calmer.

– Je pense que Bennett a fini par perdre la tête,
dit Henry. Qui a gagné son pari? Il sort un morceau
de papier froissé de sa poche, probablement avec les
paris qu'ils ont lancés un peu plus tôt dans la journée:
«Putain, c'est Max.»

Je me rassois et passe les mains sur mon visage.
Max a raison: ce n'est pas fini pour autant.

CHAPITRE 6

Max Stella

Les éclats de rire bruyants de Will, le pire trou du cul de la terre, couvrent le tumulte des voix, des verres qui s'entrechoquent et des machines à sous du casino.

– Je me demande ce que ça donne de se faire tailler une pipe par un travesti. Dans la mesure où cela ne serait pas illégal et où tu ne saurais même pas que c'est un mec. Je suis sûr que ça ne doit pas être mal, médite-t-il à haute voix.

Je hausse les épaules, l'absurdité de la situation m'amuse et me déprime à la fois.

– Je suis certain que ce serait fantastique, *wouaouh!*

– Une poigne de fer, ajoute Bennett en riant.

– Une plus grosse langue, si tu vois ce que je veux dire, fais-je.

– Eh bien, putain. Maintenant, tu me fais regretter de lui avoir dit non. Will attrape son verre vide et le lève pour qu'un serveur lui en apporte un autre: «Que fait-on après?»

– On pourrait aller au Tao, la boîte du Venetian. Ou au Bellagio.

– Quelqu'un sait où se trouve Henry ? demande Bennett, en regardant autour de lui quelques secondes avant de décider que cela ne vaut pas la peine de se lever.

Chloé et Sara apparaissent alors, bras dessus bras dessous. Elles foncent vers les tables de blackjack à quelques mètres du bar. Bennett se raidit, attirant l'attention de Will.

– Vous vous foutez de ma gueule ? grogne Will en suivant le regard de Bennett. Il remercie vaguement le serveur en prenant son verre : « Elles ne savent pas que vous êtes ici ? Mais bien sûr que si, elles le savent. C'est pour ça que vous avez agi comme des idiots toute la soirée. C'est comme si vous aviez un détecteur de présence implanté dans vos sexes respectifs. » Il soupire : « Je comprends mieux, maintenant. »

Je me lève en même temps que Bennett, en m'étirant avant de remettre ma chemise dans mon pantalon. Will peut m'engueuler autant qu'il veut. Je vais retrouver Sara.

– Si ça ne vous dérange pas, les amis, je vais m'essayer au blackjack ce soir.

Je me dirige vers la table où les filles empilent leurs jetons. Les cartes sont distribuées. Je m'assois à côté de Chloé, en croisant les yeux de Sara, assise un peu plus loin à la table. Je lui fais un petit clin d'œil.

– Max... chuchote-t-elle en souriant.

– Princesse, fais-je avec un hochement de tête.

Je sors quelques jetons de ma poche et demande au croupier de m'en donner plusieurs de moins grande valeur pour m'insérer dans le jeu.

– Je vais gagner de l'argent, s'exclame Chloé.

– J'aimerais voir ça, fais-je en fronçant les sourcils.

Le croupier pose ma carte visible sur la table. Un cinq de cœur.

– Moi aussi, ajoute Bennett en s'asseyant à côté de Sara, en face de moi.

Entre Sara et moi se trouve un homme maigre portant un chapeau de cow-boy. La pilosité de son visage est absolument remarquable.

Quand j'arrive à 25, je me tourne pour détailler le type :

– Vieux, c'est une *sublime* moustache.

Il touche son chapeau en me remerciant. Il s'en tire avec un score de 22.

Chloé s'arrête et le croupier révèle qu'elle a l'as et le valet de pique. La banque avait un valet sur le haut de la pile de cartes, il retourne la dernière carte : un roi. Le croupier donne les jetons à Chloé avant de récupérer les cartes sur la table d'un mouvement de main habile.

– Je te l'avais dit ! exulte-t-elle en dansant sur son fauteuil et en envoyant un baiser à Bennett. C'est mon jour de chance.

Ses sourcils se relèvent légèrement pour toute réponse.

De l'autre côté de la salle, Will, au bar, sirote son cocktail, les yeux sur son téléphone. Il croise mon regard au bout d'un court instant, avec l'air de dire «je t'emmerde» et je lui fais un signe qui signifie «je reviens bientôt».

Le problème, c'est que je m'amuse beaucoup au blackjack. Chloé gagne main après main. Et même si Bennett et moi sommes en train de perdre tout notre argent, ça n'a aucune importance. Le croupier est sympathique, le rire de Sara contagieux et Moustache commence à faire les meilleures blagues grasses de la Terre.

Il commence en tripotant sa moustache et en faisant un clin d'œil à Chloé : «Un docteur parle avec son client, puis le client étonné demande : Pourquoi avez-vous un thermomètre au-dessus de l'oreille?»

Le croupier distribue nos cartes face contre table, nous nous concentrons sur la distribution des cartes visibles.

«Le docteur prend le thermomètre, le regarde bizarrement et dit : C'est bizarre, tout à l'heure, juste avant de vous mettre le thermomètre, j'avais un crayon au-dessus de l'oreille...»

Comme Sara est très bon public, elle éclate de rire, en enfonçant la tête entre ses bras. Elle est tellement jolie comme ça. Ses joues sont roses parce qu'elle a bu de l'alcool. Son bonheur est visible. Quand elle relève le visage et me surprend en train de la regarder, son sourire s'élargit. Ses joues virent du rose au rouge vif, ses yeux sont rivés sur ma bouche. La retrouver à la répétition a été ma meilleure décision de la soirée.

Quand j'y pense, la seule bonne décision tout court. Je lui fais un clin d'œil en me léchant les lèvres.

Beautiful SEX BOMB

– Ça suffit les amoureux, ici on joue! fait Chloé, qui reste dans le jeu même si sa carte est un 9. La banque montre un 6 de pique, et excède les 21 points, avec le 7 sur la carte retournée – un 9.

– Ferme ton clapet, je grince avec un air amusé.

«Un type entre dans un bar…» continue notre nouvelle connaissance au moment où le croupier récupère la main. *Putain,* c'est vraiment le meilleur compagnon de jeu qu'on puisse rêver. Le croupier bat les cartes. «Il commande une bière.»

J'aime bien Moustache à cause de sa moustache bien sûr, mais surtout parce qu'il a l'air d'avoir passé de nombreux anniversaires tout seul. Il est à la fois à l'aise et désemparé, pourtant il est là, en train de raconter des blagues salaces à des inconnus avinés. Je ne lui en veux même pas quand son regard lourd se pose sur Sara. Il lui sourit. Je ne peux pas le blâmer: je suis fou d'elle. Sara est aussi irrésistible que la gravité.

«Donc voilà les bières… le type la boit cul-sec. Il regarde dans sa poche avant d'en commander une autre. Il la boit cul-sec et regarde dans sa poche. Le serveur lui demande: pourquoi regardez-vous dans votre poche après chaque bière?»

Sara est déjà en train de rire, je la contemple, émerveillé. Elle sera toujours un mystère pour moi. Qui aurait cru qu'elle soit du genre à anticiper la fin des blagues d'un étranger improbable à Vegas?

Moustache glousse en secouant la tête: «Et le mec répond: Dans ma poche, il y a une photo de ma femme...» Il s'arrête en s'attendant à ce que Sara devine la fin.

Et Sara, les deux mains en l'air pour célébrer sa victoire, hurle :

– Quand je la trouverai belle, je rentrerai à la maison !

Autour de nous, les rires fusent. Je réalise que nous avons attiré une foule autour de la table. Chloé a la chance avec elle, Moustache est formidable, il est presque deux heures du matin et nous sommes clairement ceux qui nous amusons le plus dans tout le casino. Sara tape dans la main de Moustache au moment où le croupier distribue les cartes en souriant.

Le jeu de cartes est émaillé d'éclats de rire, de cocktails et des cris de victoire de Chloé souvent interrompus par le rire hystérique de Sara. Je réalise que je n'ai pas fait attention au temps qui passe, je cherche Will des yeux au bar.

Il a disparu.

Je sors mon téléphone de ma poche en jetant un regard mauvais à mes deux seuls jetons restants, de 25 dollars chacun. Je lui envoie un texto : On a presque fini. Où es-tu ?

Il me répond quelques instants plus tard : RV au Venetian. Suis en train de me faire sucer par un mec.

Je murmure : «Connard» au moment où Moustache commence une nouvelle blague.

Mais il s'arrête quand une main se pose sur mon épaule.

– Monsieur Stella ?

Beautiful SEX BOMB

Tout le monde autour de la table se tait. Je vois l'air inquiet de Sara avant de me tourner vers un homme à l'expression grave. Il porte un costume impeccable.

– Ouais, vieux?

Il porte une oreillette et a un air qui me suggère de le prendre très au sérieux :

– Je vais devoir vous demander, M. Ryan et vous, de bien vouloir me suivre, s'il vous plaît.

– C'est à propos de quoi? demande Bennett en reposant ses cartes sur la table.

Les gens autour de nous chuchotent.

– Je ne peux pas en discuter ouvertement. Je vous demande une fois de plus, Messieurs, de bien vouloir me suivre. Maintenant.

Sans plus d'hésitation, nous nous relevons en échangeant un regard perplexe. Nous suivons le type. J'ai le temps de sourire à Sara en articulant «tout va bien».

Après tout, nous n'avons rien fait de mal.

~

L'homme au costume nous dirige vers une porte de service, le long d'un couloir vide, puis ouvre une porte anonyme. Dans la pièce blanche et dénudée se trouve une table de métal qui ressemble comme deux gouttes d'eau à celle sur laquelle j'ai commencé la soirée. Trois chaises de métal l'entourent.

– Asseyez-vous, dit l'homme en désignant les chaises, avant de s'éloigner.

– Que se passe-t-il ? demande Bennett. Nous vous avons suivi sans broncher. Le moins que vous puissiez faire est de nous dire pourquoi vous nous avez demandé de quitter la table.

– Attendez Hammer.

L'homme désigne de la tête la chaise vide et nous laisse seuls.

Je m'assois, Bennett reste debout, il fait les cent pas pendant quelques minutes avant de soupirer et de me rejoindre sur l'autre chaise. Il sort son téléphone de sa poche et envoie un message, probablement à Chloé.

– C'est du grand n'importe quoi, grommelle-t-il.

J'acquiesce en silence car j'entends des pas s'approcher de la porte.

Deux types entrent dans la pièce, en costumes, les cheveux très courts et les mains de la taille de pastèques. Aucun d'entre eux n'est plus grand que moi, mais j'ai la très nette impression que leur entraînement à la lutte est bien plus au point que le mien.

Ils nous fixent de longues minutes en nous jaugeant. Je sens la sueur perler sur mon front. Je me demande si ces hommes sont les propriétaires de la limousine que j'ai... *empruntée* pour retrouver Sara. Pour le moins, ce sont des chauffeurs ou des tueurs à gage, c'est certain.

Ou peut-être des policiers sous couverture, qui vont nous verbaliser pour avoir engagé une escort-girl... A-t-on payé pour elle ? Peut-on retrouver notre trace ? Ou... foutaises. Peut-être Sara et moi avons été pris sur

Beautiful SEX BOMB

le fait par une caméra. C'est ça, ils sont ici pour me punir pour outrage à la pudeur. Je parcours mentalement les numéros de téléphone des personnes susceptibles de payer ma caution. Avocat, Sara, maman, collaborateurs morts de rire, sœurs hystériques. Je visualise malgré moi les photos dégoûtantes de femmes et d'hommes pris en train de baiser dans une voiture, sous un pont, dans la cour d'un lycée. Je réalise que c'est pour cela que Sara et moi nous rendons au club de Johnny. Là-bas, aucun homme en costume n'aurait l'idée de nous réprimander – qui oserait tenir tête à Johnny?

Je jette un coup d'œil à Bennett qui, depuis que les hommes sont arrivés dans la pièce, a l'air aussi détendu que s'il était assis à la tête d'une table de conférence. L'une de ses mains est dans sa poche, l'autre est nonchalamment posée sur sa cuisse. Il regarde sans ciller les deux hommes devant nous.

– Bonsoir Messieurs, fais-je, décidant que quelqu'un doit briser le silence. Ces types sont des malabars, des brutes, des imbéciles qui doivent passer leur temps à visionner des films de Tarantino ou à lire des bandes dessinées pour modeler les expressions de leur visage.

Le premier à parler est le plus petit des deux – même s'il n'est pas vraiment *petit* – pourtant sa voix est aussi grave que celle d'une petite fille de cinq ans.

– Je suis Hammer. Voilà Kim.

Hammer Kim! Le nom du député républicain de l'Arkansas... À côté de moi, Bennett Ryan est suffisamment ivre pour répondre:

– J'apprécie l'ironie de la chose.

L'homme qui s'est présenté comme Hammer dévisage Bennett pendant un long moment avant de répondre :

– Vous savez pourquoi Leroy m'a demandé de vous amener tous les deux ici ?

Je réponds : « Euh, non ? » au moment où Bennett lâche :

– Eh bien, ce n'est sûrement pas parce que nous avons ruiné le casino !

Au moment où Bennett prononce cette phrase, je réalise qu'il est plus probable que nous soyons ici pour des questions de jeu que pour un vol de voiture ou pour outrage à la pudeur. Alors qu'on aurait pu (seulement) être jetés en prison, un eunuque prénommé Hammer et une brute répondant au nom de Kim vont nous briser les doigts un à un. Génial.

Hammer sourit en répondant :

– Savez-vous combien de connards de votre espèce on observe dans ce genre d'endroits ? En week-end avec leurs potes pleins de MST, certains qu'ils pourront tester l'efficacité de la nouvelle édition de *Compter les cartes pour les nuls* afin de ruiner le casino ? Tout ça pour revenir chez eux baiser leurs meufs, des thons aux grosses fesses, et les impressionner avec les cinq cents dollars qu'ils ont gagnés ?

Kim, à la fois plus large d'épaules et moins effrayant que Hammer à cause de ses deux boucles d'oreille, se penche en écrasant les deux poings sur la table.

Beautiful SEX BOMB

La pièce entière vibre. Bennett a à peine levé un sourcil, moi j'ai sursauté. J'étais certain que la table de métal allait s'effondrer sur nos jambes.

– Tu te crois peut-être chez ta putain de maman? grogne Kim, la voix aussi grave et profonde que celle de Hammer est aiguë: «Tu crois que tu es en train de jouer aux petits chevaux sur une putain de table en lino?»

Bennett reste immobile, impassible.

L'homme se tourne vers moi, les sourcils relevés comme si j'étais censé parler pour nous deux.

– Non, dis-je en souriant de la manière la plus détendue possible. Si on était chez ma mère, je vous aurai déjà offert des chips et de la Guinness.

Ignorant ce mot d'esprit, Hammer fait un pas en avant.

– Comment pensez-vous que le casino réagit quand on tombe sur des compteurs de cartes ici?

– Vieux, je ne saurais pas compter les cartes même si j'avais été entraîné par Rain Man. Putain, ça me dépasse totalement!

– Tu te crois drôle?

Je retombe sur ma chaise en soufflant lourdement.

– Je n'y comprends rien. J'ai tout perdu au jeu. Même si on comptait les cartes, on serait totalement nuls. Je ne comprends vraiment pas ce que nous faisons ici.

– Les meilleurs compteurs perdent exprès parfois. Vous pensez que les gars qui comptent gagnent toujours?

Je soupire en posant les coudes sur mes genoux. Je ne comprends pas où il veut en venir avec ses questions alambiquées.

– Je peux vous raconter un secret ?

Hammer a l'air surpris, il se redresse :

– J'écoute.

– Je n'avais jamais joué au blackjack avant ce soir. Je fais un signe de tête vers Bennett : «Quant à celui-là, lorsque nous étions assis à la table, il négociait les prix des cocktails, alors que les cocktails sont *gratuits*. Il ne *joue* pas. »

Kim pouffe :

– Et pourtant vous êtes ici sur un coup à double mise et, en fin connaisseurs, à 17 vous arrêtez et vous doublez après le split[1] !

Bennett se penche en avant, curieux :

– Il parle en quelle langue, là ?

Pour la première fois depuis que je suis entré ici, je vois Kim réprimer un sourire. Ou un grognement. Je n'arrive pas à savoir.

– Je vais vous donner deux options, lance-t-il. La première : je vous casse les doigts. La seconde : je vous casse la gueule.

Je cligne des yeux, ressentant une fierté bizarre d'avoir correctement prédit notre châtiment. Mais quelque chose ne tourne pas rond. Même si je n'ai jamais joué au blackjack à Vegas, je n'arrive pas de la

---

1. Il s'agit, au black-jack, de séparer une main en deux mains distinctes, pour rejouer sur chacune des mains et doubler sa mise.

planète Mars. Casser des doigts pour une histoire de cartes est totalement exagéré.

– Montrez-moi vos mains, bougonne Kim en tapotant la table.

– Tu délires! répond Bennett en riant, incrédule.

– Je commencerai par l'auriculaire. Qui a besoin d'un auriculaire? demande Hammer, les lèvres pincées.

– Allez vous faire foutre, je maugrée, sentant monter en moi un mélange d'impatience et d'indignation: «Et puis arrêtez de contrefaire mon accent, je suis un putain de citoyen américain, bande de cons. Je connais mes droits. Si vous commencez à devenir violent, je veux un putain de policier ou d'avocat dans la pièce.»

La porte s'ouvre avec fracas et cet enculé de *Will* entre, en applaudissant lentement. Je sens une sueur froide couler dans mon dos et je lâche un énorme soupir:

– Espèce de connard!

– C'était parfait, les gars!

Il sourit à Hammer et Kim, je grogne en laissant tomber ma tête entre mes bras. J'aurais dû m'en douter avant.

– Tu étais en colère mais très convaincant, rit-il. Tu aurais pu écraser ton poing indigné sur la table pour un effet total, mais j'ai vraiment apprécié ton petit discours sur la citoyenneté américaine. Ça m'est allé droit au cœur, finit-il en se frappant la poitrine.

Pendant qu'Hammer et Kim s'écartent, tordus de rire, Bennett se redresse et marche vers Will. Pendant une seconde, je me demande s'il va lui mettre son poing dans la gueule ou peut-être lui balancer un coup de pied dans les couilles. Mais je le vois sourire. Il le regarde dans les yeux en comptant jusqu'à trois puis tapote son épaule avant de s'éloigner.

– Bien joué, murmure-t-il avant de disparaître dans le couloir.

Hammer et Kim s'approchent de moi, la main tendue.

– Désolé, mec, dit Hammer en riant. M. Johnny French a appelé. Il a dit qu'on devait aider votre ami Will à prendre sa revanche. Apparemment, vous aviez besoin d'une petite punition pour avoir agi comme des bébés roses tout à l'heure. Quand il lève les mains en haussant les épaules, il a tout du mafioso : « On voulait juste vous effrayer. »

– C'était le seul moyen de vous écarter des filles, dit Will en claquant des talons.

Je soupire en me passant les mains sur le visage, je sens mon rythme cardiaque revenir lentement à la normale. Tout compte fait, c'est un canular assez brillant.

– Eh bien, pendant qu'on était ici, je suis sûr que Chloé a ruiné le casino ?

– Elle s'est bien débrouillée, fait Will. Au moins quelques milliers de dollars.

– Allons, dit Kim en m'aidant à me lever et en me donnant une forte claque dans le dos : « Allons boire un verre. »

– Tu sais quoi, je réponds en lui serrant la main. Je vais rester éloigné des cartes.

Beautiful SEX BOMB

~

«*Je suis un citoyen américain!*» crie Will avant de retomber sur le canapé, hystérique. C'est probablement la dixième fois en quinze minutes qu'il répète cette phrase sur un ton théâtral.

– Ahlala... Tu as donné à ces hommes cent dollars pour nous flanquer les jetons. Ça t'a fait du bien?

Will m'ignore en faisant mine d'essuyer une larme.

– Ton cri patriotique va rester dans mon cœur pour le restant de mes jours.

– C'était plutôt grandiose, renchérit Bennett.

Nous sommes installés autour d'une table basse en verre dans un bar cossu du Bellagio, allongés sur des canapés de cuir moelleux et sirotant ce qui doit être le millième cocktail de la nuit. Je n'ai pas eu l'impression d'être ivre jusque-là. Mais depuis que l'adrénaline a quitté mes veines, et que je sais que les filles sont pelotonnées dans leurs lits, mes membres s'alourdissent après nos aventures et avec l'accumulation d'alcool.

Tout autour de nous, le bar est calme. Il est plus de trois heures du matin, la plupart des gens sont restés dans le casino ou se sont rendus dans des boîtes plus animées.

Un homme s'approche de notre table. Il porte un costume ajusté, une oreillette et a l'air important – les serveurs le saluent nerveusement ou s'écartent pour le laisser passer. Comme Will est assis avec nous, je ne pense pas que ce soit un canular.

– Messieurs, dit-il. Vous devez être Bennett, Max et Will?

Nous acquiesçons tous en plaisantant.

– L'autre monsieur Ryan nous a rejoints dans la salle des high-rollers, continue-t-il. C'est donc là que Henry se trouve depuis le début: «Comme il n'a plus de batterie, il m'a demandé de venir voir si tout allait bien pour vous. Je suis Michael Hawk, vice-président des relations clients au Bellagio.»

Je jette un coup d'œil à mes amis pour voir s'ils sont impressionnés. Will ferme les yeux un moment, avalant sa salive avec difficulté, puis il les rouvre en se contenant. Bennett acquiesce, et à ma grande surprise, doit se mordre la lèvre pour s'empêcher d'éclater de rire.

– Je voulais m'assurer que votre soirée était à la hauteur de vos attentes, continue M. Hawk en nous dévisageant tour à tour.

– Vraiment fantastique, je réponds, incapable de détourner les yeux de Bennett.

Je ne l'ai plus vu comme ça depuis des années: ses lèvres tremblent, il pose la main devant sa bouche, ses yeux s'embuent de larmes. Finalement, il me regarde... et *pète un cable.*

Ben se laisse aller sur le canapé et éclate de rire, juste assez ivre et fatigué par cette nuit de folie pour perdre totalement son calme devant le dénommé Mike Hawk. À côté de lui, Will vire au rouge tomate avant de se pencher en avant pour prendre sa tête entre ses mains.

Beautiful SEX BOMB

– Je suis désolé, gémit Will entre ses doigts. Je ne voudrais pas être impoli, M. Hawk. C'est juste *too much*.

Je me tourne en souriant vers l'homme qui se tient à côté de notre table :

– Merci beaucoup d'être passé nous voir. Vous pouvez dire à Henry que tout va bien.

Mike Hawk n'est pas très grand, il n'a pas l'air aussi dur et intimidant que les managers de casinos dans les films. Il est de taille moyenne, le visage rond et amical, des yeux plein de compréhension. Il se met à rire, secoue la tête avant de nous laisser :

– Profitez de votre soirée, Messieurs.

– Je tiens à souligner que j'ai été le seul d'entre nous à réussir à garder son sérieux, putain ! Je m'écrie une fois qu'il est parti.

– Mike Hawk[2] ! hurle Bennett. Ses yeux sont rouges, à force de rire : « Comment veux-tu que je garde mon sérieux ? C'est comme rencontrer une putain de *licorne.*

Will lui tape dans la main, puis soupire en appuyant sa tête contre le canapé.

– Bon Dieu, c'est peut-être le meilleur moment de la soirée.

– La nuit n'est pas finie, lâche Bennett en avalant ses mots. Il jette un coup d'œil à Will, et à son verre vide : « Commande un autre verre. »

---

2. Jeu de mots américain : « Mike Hawk » se prononce « my cock » et se traduit en français par « ma queue ».

– Non, il est trop tard pour me faire boire. Tu ne te vengeras pas comme ça!

– Garçon! je m'exclame en souriant. Un scotch pour le grincheux. Vous pouvez même apporter la bouteille entière.

– Je te l'ai dit, Max, j'arrête de boire. Will feint la colère: «Il est trop tard pour prétendre que tu m'aimes.»

Le serveur glisse un verre de scotch et la bouteille entière devant Will qui me fixe, toise la bouteille et secoue la tête:

– Non!

~

– Le fait est... marmonne Will en passant un bras mou sur mes épaules. Les femmes sont des *pièges vivants.* Il agite un index vague devant mon visage: «Avec combien de femmes pourrait-on s'amuser comme ça?»

Il parle avec un cheveu sur la langue, se penche pour attraper son scotch. Le verre glisse entre ses doigts.

– Seulement avec la bonne, je lui concède. Et même avec Sara, ce n'est pas comme avec vous, les gars. J'essaye de ne pas trop jurer... Je me gratte la joue en réfléchissant à ce que je viens de dire: «Enfin... j'essaye.»

– Toi en train d'essayer de ne pas trop jurer, c'est comme si je... Will s'arrête pour réfléchir: «... ne baisais pas... J'ai faim.»

Beautiful SEX BOMB

Il passe une main sur son visage et regarde sa montre. Je jette un coup d'œil à mon téléphone. Il est presque cinq heures et demie du matin.

– En fait, je suis crevé. Rendez-vous pour déjeuner à midi. On recommence ce putain de week-end d'enterrement de vie de garçon demain.

Nous nous levons tous les trois, réglons l'addition et nous dirigeons vers les ascenseurs, en fouillant nos poches pour trouver la clé de notre chambre à montrer à la sécurité.

Nous attendons en silence que les portes des ascenseurs s'ouvrent. Je suis agréablement ivre, prêt pour une étreinte tardive avec Sara. J'ai hâte de savoir comment on arrivera à foutre le bordel demain.

CHAPITRE 7

Bennett Ryan

La voix de Will brise le silence dans l'ascenseur:

– Est-ce qu'on ne devrait pas s'inquiéter de ce que fait Henry dans la salle des high-rollers?

Je cherche dans ma poche et j'en sors la carte de crédit de mon frère – la seule que lui a laissée Mina quand il est parti: «Je n'ai aucune idée d'avec quoi il joue, mais qu'il gagne sans arrêt ou qu'il perde, la seule carte qui reste dans son portefeuille est celle qui ouvre la porte de sa chambre d'hôtel!»

– Génial, murmure Max, en s'appuyant contre le mur. Je suis épuisé, putain.

Will soupire en regardant défiler les numéros des étages.

– Vous savez, pour deux trous du cul rendus mièvres par la vie de couple, vous avez réussi à nous tricoter une soirée assez divertissante.

– Un club de strip-tease, de fausses urgences médicales, un dîner putain de fantastique, un vol de voiture, une escort travestie, Chloé qui gagne une poignée de dollars et nous qui nous faisons mutiler par des imbéciles... dit Max en se redressant. Pas mal, non ?

Will se tourne pour le dévisager :

– Un vol de voiture ?

Max se frotte les yeux, en secouant la tête.

– On va garder cette histoire pour un autre...

Will lève une main, les yeux écarquillés comme s'il avait déjà oublié sa question.

– Comment as-tu pu oublier Mike Hawk ? Surtout pour vous deux, *Mike Hawk* figure au rang des rencontres les plus remarquables de la soirée. Will a un hoquet en se décalant légèrement au moment où les portes s'ouvrent : « J'ai dit que vos femmes portaient la culotte, mais je pense que c'est encore pire que ça. »

J'observe le sourire de Max passer de l'autosatis-faction à la moquerie.

– Will... *chéri.* Il pose une main lourde sur la joue de Will et fait claquer sa langue : « Je suis impatient que tu trouves la fille exceptionnelle qui fera trembler le sol sous tes pieds. Tu penses que tout peut être organisé, planifié. Tu penses que ton appartement de célibataire mal rangé, le triathlon, ton boulot et tes plans-culs réguliers te suffisent. Mais quand *cette* fille arrivera, je te dirai que je te l'avais dit, et je n'aurai aucune pitié pour toi quand tu seras devenu un connard fou d'amour. »

Beautiful SEX BOMB

Après avoir tapoté la joue de Will, il s'éloigne d'un pas. Son rire résonne tandis qu'il s'éloigne : « Tellement *hâte,* mon pote. »

Will regarde Max disparaître à grandes enjambées et se tourne vers moi comme s'il s'attendait à ce que j'ajoute quelque chose au sermon. Je hausse les épaules.

– Je suis plutôt d'accord avec ce qu'il a dit. Quand tu trouveras cette fille, nous serons heureux pour toi mais on sera surtout ravis de te traquer jusqu'à la fin de tes jours.

– C'est pour ça que je vous adore, murmure-t-il en me repoussant de la main avant de se diriger vers sa chambre.

Je souhaite bonne nuit à Will et je marche jusqu'à ma porte, en regrettant de ne pas savoir où dort Chloé. Même épuisé et à moitié ivre, j'aurais été prêt à sortir pour grimper dans un taxi et la rejoindre n'importe où.

~

En suspendant mon blazer dans le placard de la chambre, je m'immobilise. Sur un cintre de bois se trouve la lingerie que Chloé portait au club, les petites pierres du soutien-gorge et de la culotte Aubade scintillent dans la lumière douce qui vient de la fenêtre de la chambre.

J'avance dans la chambre pour constater ce que mon cœur qui bat plus fort a déjà deviné : elle est ici, dans mon lit. Elle m'attend. C'est certain, une bosse de la forme de Chloé est pelotonnée sous une montagne de couvertures et d'oreillers, au milieu de l'énorme lit.

Je retire rapidement mes vêtements en les laissant tomber sur le sol. Je grimpe sur elle, je l'entoure de mes bras et de mes jambes. Ne pas la toucher, pas encore, juste la sentir : ses boucles brunes dans les draps d'un blanc éclatant, ses yeux fermés, ses paupières qui battent dans ses rêves, ses lèvres humides, rouges, qui me supplient de les embrasser. Son corps est recouvert de couvertures de coton et quand je pose un doigt sur la peau délicate de son cou pour sentir les battements de son cœur, je me sens d'humeur prédatrice. L'excitation de pouvoir faire ça – l'embrasser, la réveiller, la baiser – est aussi puissante ce soir qu'il y a deux ans, quand nous avons passé notre première nuit dans un hôtel.

Je relève les couvertures et me glisse à côté d'elle. Elle porte seulement mon tee-shirt. Sinon, elle est totalement nue. C'est l'un de mes moments préférés avec Chloé, quand ses membres sont lourds de sommeil et qu'elle soupire, profondément endormie.

Je m'enfonce un peu plus sous les couvertures au moment où elle commence à réaliser que je suis dans le lit avec elle. Elle s'est douchée : sa peau a retrouvé l'odeur de son savon, fleurie et citronnée. J'embrasse la courbure de ses seins par-dessus le tee-shirt, en relevant le coton pour la couvrir de baisers du nombril jusqu'aux hanches.

Des doigts inquisiteurs passent dans mes cheveux, caressent ma joue, s'attardent sur ma bouche :

– Je pensais que je rêvais, murmure-t-elle en se réveillant progressivement.

– Tu ne rêves pas.

Ses mains s'accrochent à mes cheveux, ses jambes s'ouvrent largement sous les couvertures parce qu'elle sait que je suis là et que je vais lui offrir ce qu'elle aime plus que tout. En me décalant pour me planter entre ses jambes, je me penche pour souffler légèrement sur sa chatte, en me délectant de ses petits mouvements, de ses gémissements, de sa manière de m'attirer à elle. C'est la danse que je préfère : lui embrasser les hanches, les cuisses, en soufflant sur cette petite étendue de peau douce et glissante. La chambre est froide, mais sa peau est déjà humide de sueur. Je glisse un doigt dans la chaleur de son sexe. Ma Chloé halète, excitée et soulagée.

Elle ne me demande pas d'aller plus vite parce qu'elle sait que j'aurais tendance au contraire à ralentir. Elle est dans mon lit, dans ma chambre, déjà pratiquement ma femme. Hors de question de me presser alors que j'ai pensé toute la soirée à ce moment. Je n'ai rien à faire tôt demain matin – *ce matin* – à part passer du temps avec elle.

Je la laisse sentir mon souffle et mes doigts, j'embrasse son ventre, je goûte sa peau. *Bordel, elle est belle,* avec ses bras étendus au-dessus de sa tête, le corps abandonné.

J'en veux plus. Je désire, comme toujours, trouver un moyen de la goûter et de la baiser en même temps. À la seconde où ma langue passe sur la petite bosse de son clitoris, je suis perdu. J'ouvre la bouche et je la suce, je la dévore. Elle enfonce les mains dans mes cheveux avec un petit cri, ses hanches glissent et se balancent sous moi. Elle me donne le rythme que nous adoptons tous les deux sans hésitation ni effort. Elle est douce et chaude, ses jambes passent sur mes épaules, se referment sur moi jusqu'à ce que je ne puisse plus entendre que ses cris d'excitation ou le froissement des draps sous elle.

Son corps ne semble pas pouvoir décider ce qu'il souhaite – ma langue ou mes lèvres –, donc je décide pour elle, si plein de désir après une nuit de sexe en secret, rapide, avec si peu d'intimité. Je l'entoure de ma bouche, je la mordille et lui rappelle : *C'est comme ça que je t'aime, à la fois douce et sauvage.*

Je suis perdu en toi.

Son corps m'est si familier, ses creux et ses courbes, le goût de son sexe... Elle se réveille lentement. Et même si j'ai commencé avec l'idée de l'exciter longuement, je ne peux plus résister. Sa délivrance arrive plus vite que la mienne. Elle jouit rapidement ; ses jambes s'affalent, son dos se cambre. Puis ses cris se calment, ses cuisses arrêtent de trembler. Elle se redresse sur les coudes pour me dévisager.

Je l'embrasse à partir du nombril, en relevant son tee-shirt le long de son corps et en exposant la courbure soyeuse de ses seins.

– Bonsoir mes beautés.

– Tu t'es bien amusé ce soir ? demande-t-elle, la voix pleine de sommeil et de plaisir.

Beautiful SEX BOMB

– C'était vraiment intéressant.

Mes dents agacent les pointes de ses seins.

– Bennett?

Je stoppe ma douce attaque sur sa poitrine pour la regarder et découvrir de l'incertitude sur son visage.

– Hmm?

– Je me demande si ce que j'ai fait n'est pas mal? Foutre en l'air ton enterrement de vie de garçon. Je veux dire, j'ai pratiquement accaparé toute la soirée.

– Tu penses que j'ai été surpris quand tu as décidé de prendre les choses en main au club?

Elle ferme les yeux, sourit un peu. Mais seulement un peu.

– Ne pas être surpris est différent d'être heureux que je l'aie fait.

Je lui retire son tee-shirt en le bloquant au niveau de ses poignets, j'en profite pour faire mine de les attacher ensemble.

– Nous avons un week-end entier pour célébrer cette histoire d'enterrement de vie de garçon. Je n'ai aucun problème avec ce que tu as fait. Je l'embrasse dans le cou : « En fait, ça me décevrait un peu si tu arrêtais de faire des folies comme ça. Si tu arrêtais d'être aventureuse et un peu folle parce que tu m'aimes. »

– Juste un peu?

Je l'entends sourire en disant cela.

Je la contemple, sa mèche de cheveux sur l'oreiller, ses yeux pleins de désir et de satisfaction en même temps, j'ai l'impression d'être ramené en arrière dans le temps. Comment sommes-nous arrivés jusqu'ici ? Cette femme sous moi est celle que j'ai méprisée méchamment pendant des mois, celle que j'ai baisée avec tant de désir et de haine. Et maintenant, elle est dans ma chambre, pendant mon week-end d'enterrement de vie de garçon, elle porte la bague de ma grand-mère, ses mains sont attachées au-dessus de sa tête avec mon tee-shirt préféré, celui qu'elle m'a réclamé il y a quelques mois.

Chloé hoche la tête en croisant mon regard :

– Où es-tu parti ?

Je ferme les yeux en avalant ma salive.

– Dans nos souvenirs.

Elle attend un instant, me scrute.

– J'étais en train de me remémorer des instants et...

– Et ?

– Je pensais au début de notre relation... et encore avant cela. J'étais en train d'essayer de me rappeler quelle était la dernière femme avec qui j'avais couché avant toi... Je ne crois pas t'avoir jamais raconté cette nuit.

Elle rit, sous moi.

– Ça a toutes les chances d'être une conversation *tellement* romantique.

Elle gigote un peu, frottant sa peau mouillée contre ma queue.

– Écoute-moi un peu, je murmure en me penchant pour l'embrasser. Je commence, après m'être éloigné : «Elle m'accompagnait à la soirée de bienfaisance de Millenium Organics. Tu étais là, toi aussi...»

Beautiful SEX BOMB

– Je me rappelle, murmure-t-elle en fixant mes lèvres.

– Tu portais cette robe... je soupire. *Putain.* Cette robe. Elle était...

– Rouge.

– Oui. Mais pas seulement rouge. Un rouge profond. De sirène. Tu avais l'air d'un putain de morceau de bacon, un démon... ce qui est assez approprié quand j'y repense. Bref, Amber m'accompagnait et...

– Blonde, grande, faux seins ?

Elle s'en souvient parfaitement. Un frisson de plaisir me parcourt l'échine. Elle s'intéressait suffisamment à moi pour se souvenir de celle qui m'accompagnait à une soirée il y a deux ans...

– Absolument. Et elle était... je soupire en me rappelant l'apathie totale de la soirée. Elle n'était pas mal du tout. Mais elle n'était pas *toi.* Tu m'obsédais horriblement. J'adorais t'énerver. J'adorais te rendre folle, parce que j'étais le centre de ton attention pour un instant, même si tu me détestais.

Elle éclate de rire, en m'embrassant dans le cou.

– Tu es un psychopathe.

– Cette nuit-là... je continue en l'ignorant, tu buvais un verre au bar, je suis passé à côté de toi et je t'ai fait une vague plaisanterie – je ne sais même plus ce que je t'ai dit. Mais je suis sûr que c'était méchant et inapproprié. Je ferme les yeux en me rappelant son expression, sa manière de me fixer dans les yeux, sans la moindre trace d'intérêt : « Tu m'as regardé avant de *rire* et tu t'es éloignée. Ça m'a brisé. Je pense que je ne l'ai pas compris tout de suite. J'étais habitué à te voir partir au quart de tour. Tu étais toujours en colère ou frustrée. Mais te voir indifférente... *putain*. C'était trop pour moi. »

– Je ne souviens plus non plus de ce que tu m'as dit. Mais je suis sûre que j'ai dû faire un énorme effort ne pas avoir l'air affectée.

– Nous sommes partis peu après, Amber et moi. Je passe une main sur le corps de Chloé, de ses seins à son visage. Je la regarde dans les yeux en admettant : « Je l'ai baisée. Mais c'était horrible. Tu étais dans ma tête à chaque seconde. Je fermais les yeux et j'imaginais ce que ça me ferait de te toucher. J'essayais d'imaginer les bruits que tu ferais quand tu jouirais, quelles seraient tes sensations. C'est à ce moment-là que j'ai joui. J'ai mordu l'oreiller pour m'empêcher de murmurer ton nom. »

Quand elle halète, je réalise qu'elle retenait son souffle jusque-là.

– Vous êtes allés chez elle ou chez toi ?

Mes yeux se perdent au loin, mes doigts passent sur sa joue. Puis je la regarde à nouveau. Pourquoi me demande-t-elle cela ?

– Chez elle, pourquoi ?

Elle hausse les épaules.

– Je suis juste curieuse.

Je continue à l'étudier, je peux voir la mécanique de son cerveau se mettre en marche et la curiosité l'envahir.

Je me penche pour lui embrasser l'oreille.

Beautiful SEX BOMB

– À quoi penses-tu, petit démon?

Elle sourit:

– Je me demandais... dans quelle position tu la baisais.

Mon sang se glace.

– Tu as envie d'entendre ça parce que tu veux m'imaginer avec une autre femme?

Elle secoue immédiatement la tête, ses yeux s'assombrissent. Ses poings se resserrent, emprisonnés dans mon tee-shirt au-dessus de sa tête.

– J'ai envie de savoir comment tu imaginais avec *moi*. Juste... envie de t'entendre me le dire.

– J'étais sur elle, comme ça, je murmure, circonspect. Nous n'avons couché ensemble qu'une seule fois. Je suis sûre qu'elle m'a trouvé nul au lit.

Elle gigote en ajustant la position de ses mains dans leurs liens légers, sans me quitter des yeux. *En train de penser, penser, penser.*

– Et avant de coucher avec elle, dit-elle, les yeux sur ma bouche. Quand tu es arrivé chez elle. Elle t'a sucé?

Je hausse les épaules.

– Oui, je crois. Un peu.

– Et toi? L'as-tu...

– Goûtée? Chloé acquiesce. Je réponds: «Non.»

– Tu portais un préservatif?

– Je porte toujours un préservatif, dis-je en riant. Enfin, avant toi.

Elle sourit, roule des yeux.

– C'est vrai. Ses jambes s'entourent autour de ma taille: «Avant *moi*.» Tout ce dont j'ai besoin est de décaler les hanches légèrement pour la prendre. Parler de ça nus, et moi sur elle, est parfait. Nous n'avons aucun secret.

– Elle a joui ? demande-t-elle.

– Elle a simulé.

Chloé éclate de rire, en enfonçant la tête dans l'oreiller pour mieux me voir.

– Tu es sûr ?

– Positivement. C'était un effort impressionnant, un peu surfait vu la situation.

– La pauvre fille ne savait pas ce qu'elle manquait.

– C'était seulement quelques jours avant la salle de conférence, je murmure en l'embrassant sur le coin de la bouche : « Je pense que j'étais déjà amoureux de toi. Donc quand je repense à cette nuit avec Amber, j'ai l'impression de t'avoir trompée. Tu m'as trouvé ce soir les yeux bandés, acceptant passivement une danse érotique... J'ai envie de te confesser tous mes péchés potentiels. J'imagine que c'est pour cela que je te parle d'Amber maintenant. »

Son visage se tend, ses yeux s'écarquillent :

– Bébé, tu ne m'as pas *trompée*. Avec Amber ou une autre femme qui aurait dansé pour toi ce soir.

– Je ne l'aurais jamais fait, tu sais, dis-je, tendu. Je me penche sur elle pour détacher ses mains en caressant ses poignets : « Tu as bien vu que je n'étais pas excité avant de savoir que c'était toi. Je ne *pourrais* pas t'être infidèle. »

Elle le sait. Je l'embrasse dans le cou, puis sur les lèvres. Ses lèvres sont gonflées à force de m'avoir embrassé. *Putain de merde, elle doit avoir mal partout.*

Beautiful SEX BOMB

Pourtant, elle baisse les bras et me dirige vers son sexe.

Quand elle m'embrasse, elle gémit contre ma langue.

– Tu as mon goût dans la bouche.

– Je me demande bien pourquoi, fais-je en jouant avec sa lèvre inférieure.

Elle relève les hanches et me pousse pour que je la pénètre. Elle ne peut soudain plus d'attendre.

Je murmure « doucement » en m'éloignant un peu pour m'enfoncer en elle lentement, elle grogne dans mon cou : « Ne va pas trop vite. » *Putain.* Elle ressemble à du miel, elle est douce et sucrée : « Tellement bonne. Tu es tellement toujours aussi savoureuse, Chlo. »

– Comment tu l'as su ?

Je m'immobilise en m'éloignant un peu. J'interprète sa question.

– Comment j'ai su que tu avais mal ?

Elle acquiesce.

C'est son jeu préféré, celui où je lui dis toutes les petites choses que je remarque. Je fais attention à elle, elle adore ça.

– Tu y es allée un peu fort sur mes doigts au début de la soirée...

Elle sourit, les yeux fermés, ses mains passent sur mon dos.

– Et je n'ai pas été très délicat dans les toilettes...

– Non, en effet, chuchote-t-elle, en tournant la tête pour embrasser mon épaule.

Je la pénètre en douceur.

– Donc tout à l'heure, quand je t'ai léchée, je n'ai pas été surpris que tu sois un peu gonflée.

– Encore. Plus vite s'il te plaît, bébé, halète-t-elle, mais je n'accélère pas.

– Pas plus vite, j'objecte, les lèvres tout contre son oreille. C'est quand je te baise le plus lentement que je deviens fou. Quand je peux complètement te sentir et entendre tous tes gémissements. J'imagine ce à quoi nous ressemblons quand je te prends. Je pense à toutes les fois où je t'ai fait jouir. Je ne pense pas à tout ça quand je te baise brutalement dans une salle de bains ou un casino.

Sa respiration faiblit, elle la retient en me suppliant silencieusement de la faire jouir. Ses mains glissent de mon dos à mon cou et à mon visage. Je sens la pression froide de sa bague de fiançailles, en pensant *oh mon Dieu, cette femme va devenir mon épouse, elle portera mes enfants, partagera ma maison et ma vie. Elle me verra vieillir et devenir fou selon la plus grande probabilité. Elle promettra de m'aimer malgré toutes les épreuves.*

Je m'appuie sur mes bras pour regarder ma queue pénétrer son vagin. Mais ses mains prennent mon visage, et mon attention revient à ses yeux.

– Hé...

Je lutte pour reprendre ma respiration, je sens la transpiration perler sur mon front et goutter sur sa poitrine.

– Ouais?

Elle se lèche les lèvres, avale sa salive.

Beautiful SEX BOMB

– Je t'aime tant. Son pouce entre dans ma bouche, je le mords, elle gémit lentement : « Et tout ce qui arrive à part ça, en dehors des moments où nous sommes comme ça... »

– Je sais.

Nous partageons un regard désespéré, un silence mutuel qui signifie que nous n'en aurons jamais assez, que la vie idéale pour nous est probablement d'être ici, seuls, dans les bras l'un de l'autre. Mais cela ne sera jamais exclusivement notre réalité. C'est pourquoi elle a foutu en l'air mon week-end d'enterrement de vie de garçon mais qu'elle partira demain. C'est pourquoi je ne pouvais pas rester loin d'elle, sachant qu'elle était dans la même ville.

Et la voilà, les membres lourds, fiévreux, sous moi, les hanches remontant rapidement pour s'approcher des miennes et obtenir ce qu'elle veut. Elle m'appartiendra toujours – à la maison, au boulot, au lit –, cette pensée m'excite tellement que je suis tout près de l'orgasme.

Elle est tout près, mais malheureusement, je le suis plus qu'elle.

– Viens, mon amour. Je... Je ne peux...

Ses mains agrippent mes hanches, sa tête part en arrière.

– S'il te plaît. Mon corps se tend, mes hanches percutent les siennes, ma jouissance approche dangereusement : « Viens putain, Mills. »

C'est la voix que je n'utilise que rarement, je ne veux pas qu'elle perde son effet sur elle. Sa poitrine brûle, elle se cambre sur le lit, elle remonte ses hanches contre sa poitrine pour que je puisse la prendre plus profondément. Les lèvres ouvertes dans un cri aigu, son orgasme éclate sous moi.

Je ne me lasserai jamais de faire jouir Chloé. La rougeur de sa peau, l'obscurité presque ivre de ses yeux quand elle me regarde, la manière dont ses lèvres s'ouvrent pour prononcer mon prénom... Chaque fois, je me rappelle que je suis le seul homme qui lui a donné tant de plaisir. Ses bras s'effondrent sur les côtés, lourds d'épuisement, elle s'humidifie les lèvres.

– Putain, murmure-t-elle en tremblant.

Le soulagement me submerge, j'ouvre les vannes et j'autorise enfin mon propre corps à se laisser aller, oubliant tout sauf la sensation de son corps contre le mien. Sa peau douce, glissante... Mon dos s'arque quand je jouis, en criant dans la petite chambre calme.

Mon cri résonne jusqu'au plafond. Je m'effondre sur elle, transpirant, anéanti. Je voudrais enfoncer mon visage dans son cou et y dormir pendant trois jours.

Elle rit, grogne sous mon poids :

– Délivre-moi, Hulk.

Je roule sur le côté, en m'écrasant sur le matelas à côté d'elle.

– Putain, Chlo. C'était...

Elle s'approche de moi, en ronronnant :

– ... Très, *très* bon. Elle s'approche pour m'embrasser sur la joue : « Je vais avoir besoin d'au moins dix minutes de pause avant de recommencer. »

J'éclate de rire puis je me mets à tousser très fort, en y repensant.

– Mon Dieu, chérie. Je risque d'avoir besoin d'un peu plus de temps que ça. Câline-moi un peu, s'il te plaît.

Elle m'embrasse légèrement dans le cou.

– J'ai tellement hâte que tu deviennes M. Bennett Mills.

Mes yeux s'écarquillent.

– Quoi?

– Tu m'as entendue, fait-elle en riant, de sa voix basse et enrouée.

Remerciements

Un grand merci à notre agent, Holly Root, à nos complices (maris et enfants), à nos lecteurs fantastiques, à nos amis et à nos familles qui supportent nos regards dans le vague quand, pendant un déjeuner, nous sommes en train de réfléchir à un nouveau chapitre.

Nous remercions tous les merveilleux employés de Gallery. Merci, Jen et Lauren.

Et enfin, notre reconnaissance va à Adam Wilson, notre éditeur, qui apprécie que nous n'y allions pas par quatre chemins.

Pour tous ceux qui ont hâte de retrouver Will,
après *Beautiful Sex Bomb*...

Will, le Casanova invétéré, séduit par une surdouée
des sciences aussi intelligente que sexy,
trouvera-t-il chaussure à son pied ?

**Plongez dans cette nouvelle romance avec
le premier chapitre de *Beautiful Player* !**

Prologue

Hanna

C'est l'exposition la plus moche de tout Manhattan. Ce n'est pas une question de subjectivité, je m'y connais en matière d'art : vraiment, les peintures sont toutes hideuses. De la représentation d'une jambe poilue qui émerge d'une tige de fleur à une bouche pleine de spaghettis. À côté de moi, mon père et mon frère aîné ont l'air absorbés dans leur contemplation, comme s'ils comprenaient le sens de ces œuvres. Je les bouscule un peu, j'ai hâte de goûter aux petits fours et au champagne, mais je sais bien que les conventions veulent qu'on ait *d'abord* admiré les œuvres d'art exposées.

À la fin de l'exposition, au-dessus de l'énorme cheminée, entre deux chandeliers imposants, se trouve une peinture représentant une double hélice – la structure de l'ADN –, sur laquelle est imprimée une citation de Tim Burton: *We all know interspecies romance is weird*[3].

Amusée, j'éclate de rire avant de me tourner vers Jensen et mon père:

– OK. Celle-là n'est pas mal.

Jensen soupire.

– C'est bien *ton* genre d'aimer ça.

Je regarde la peinture, puis mon frère à nouveau.

– Pourquoi? Parce que c'est la seule œuvre ici qui ait du sens?

Il fixe mon père avec un air d'intelligence. Et puis, comme s'il avait obtenu son aval silencieux, il continue:

– Il faut qu'on te parle de ton rapport avec ton job.

Une longue minute passe. Je mesure la portée de cette remarque, du ton de voix adopté par mon frère et de son expression déterminée.

– Jensen, tu veux vraiment qu'on ait cette conversation *ici*?

– Oui, justement. Ses yeux verts se plissent: « C'est la première fois que tu sors du labo ces deux derniers jours pour autre chose que pour dormir ou manger. »

Je me suis souvent fait la remarque: les traits de caractère de mes parents – surprotection, acharnement, impulsivité, charme et prudence – ont été clairement répartis entre leurs cinq enfants.

Surprotection et *Acharnement* sont sur le point de se livrer bataille en plein milieu d'une soirée new-yorkaise.

---

3. *L'amour entre espèces différentes est insolite par nature.*

– Nous sommes dans un cocktail, Jens. Nous sommes censés discuter de l'évolution de l'art contemporain, dis-je en faisant un geste vague vers les murs de la salle meublée avec opulence. Ou de ce qui dernièrement a fait scandale …

Je n'ai aucune idée du dernier potin en date. Mon ignorance confirme les inquiétudes de mon frère.

Jensen se retient de ne pas lever les yeux au ciel.

Mon père me tend un petit four, un escargot sur un cracker. Je le fais glisser discrètement dans une serviette avant de le déposer sur un plateau. Ma nouvelle robe me démange, je regrette de ne pas avoir eu le temps de demander au labo en quelle matière est faite la lingerie sculptante que je porte. J'en déduis qu'elle a été créée par Satan ou alors par une femme frustrée.

– Tu n'es pas seulement intelligente, continue Jensen. Tu es drôle. Tu es sociable. Tu es une jolie fille.

– Femme, je corrige en bougonnant.

Il s'approche de moi pour éviter que les autres invités n'entendent notre conversation. Dieu merci, la haute société new-yorkaise n'aura pas à l'entendre me faire une leçon de sociabilité pour les nuls.

– Je ne comprends pas pourquoi nous n'avons vu personne ici, en dehors de *mes* amis.

Je souris à mon frère. Un court instant, je trouve son côté surprotecteur mignon, avant de ressentir une bouffée d'irritation. J'ai l'impression de toucher du fer en fusion, la douleur vive est suivie d'une brûlure lancinante.

– Je viens de finir mes études, Jens. J'ai tout le temps d'avoir une vie.

Beautiful PLAYER

– C'est *ça*, la vie, insiste-t-il. *Là, maintenant.* Quand j'avais ton âge, je ne me préoccupais pas de mes études ni de mon avenir, j'espérais seulement me réveiller le lundi matin sans gueule de bois.

Mon père se tient près de lui en silence, semblant ignorer cette dernière remarque. Il a l'air de cautionner l'appréciation générale de Jensen : je suis une geek sans amis. Je lui lance un regard censé signifier : *C'est le scientifique accro au travail qui passe plus de temps dans son labo que dans sa propre maison qui me fait la morale ?* Il reste impassible, légèrement déconcerté, comme s'il voyait, dans une fiole, un composant censé être soluble se transformer en une suspension visqueuse.

J'ai hérité de mon père l'*acharnement,* mais il répète toujours que ma mère m'a également donné un peu de son *charme* aussi. Peut-être parce que je suis une femme ou parce qu'il pense que chaque génération doit s'améliorer par rapport à la précédente, je dois réussir à équilibrer travail et vie privée là où il a échoué. Le jour où mon père a eu cinquante ans, il m'a traînée dans son bureau et m'a dit simplement : « Les êtres humains sont aussi importants que la science. Tu dois apprendre de mes erreurs. » Et puis il a feuilleté des dossiers sur son bureau et scruté ses ongles jusqu'à ce que je me décide à retourner au laboratoire.

Honnêtement, je n'y suis pas parvenue.

– Je sais que je peux avoir l'air un peu péremptoire, chuchote Jensen.

– Un peu, oui.

– Et je sais que je me mêle de ce qui ne me regarde pas.

Je lui décoche un regard entendu en murmurant :
« Tu es ma Minerve personnelle. »

— Sauf que nous ne sommes pas à Rome et que j'ai une bite.

— J'essaie de l'oublier.

Jensen soupire, mon père comprend alors qu'il doit intégrer la conversation. Ils sont tous les deux venus me voir et, même si c'est assez étrange pour une visite surprise en février, je n'y avais pas pensé jusque-là. Mon père me prend par les épaules et me serre contre lui. Ses bras sont longs et minces, mais il a toujours eu la poigne d'un homme bien plus fort que ce qu'il en a l'air.

— Ma Ziggs, tu es une bonne petite fille.

Je souris à cette version paternelle du discours d'encouragement.

— Merci.

Jensen ajoute :

— Tu sais qu'on t'aime.

— Moi aussi. La plupart du temps.

— Mais… tu peux considérer ça comme un conseil. Tu es accro au travail. Tu es accro à tout ce qui a un rapport avec ta carrière. Peut-être que je m'immisce toujours dans ta vie…

Je l'interromps :

— *Peut-être ?* Tu diriges tout, depuis le jour où papa et maman ont retiré les petites roues de mon vélo jusqu'à ce qu'ils me laissent sortir après le coucher du soleil. Et tu ne vivais même plus à la maison, Jens. J'avais *seize* ans.

Beautiful PLAYER

Il s'immobilise.

– Je te jure que je ne te dirai pas quoi faire mais…

Sa voix baisse d'un ton, il regarde autour de lui comme s'il s'attendait à ce que quelqu'un lui souffle la fin de sa phrase. Demander à Jensen d'arrêter de diriger ma vie, c'est comme demander à quelqu'un d'arrêter de respirer pendant dix petites minutes : « Appelle quelqu'un… »

– Quelqu'un ? Jensen, tu es en train de dire que je n'ai pas d'amis. Ce n'est pas *tout à fait* vrai. Et qui veux-tu que j'appelle pour « vivre pleinement, sortir et m'amuser » ? Un jeune diplômé aussi occupé par ses recherches que moi ? J'ai un diplôme d'ingénierie biomédicale. Ce n'est pas comme si j'avais mille opportunités pour sortir.

Il ferme les yeux, puis fixe le plafond comme pour y trouver une idée. Ses sourcils se relèvent quand il se retourne vers moi, l'air plein d'espoir. Sa tendresse fraternelle est irrésistible.

– Pourquoi pas Will ?

J'attrape la coupe de champagne de mon père et la vide d'un trait.

~

Pas besoin de demander à Jensen de répéter ! Will Sumner est le meilleur ami de Jensen, l'ancien stagiaire de papa et l'objet de tous mes fantasmes d'adolescente. Alors que j'ai toujours été la gentille petite sœur intello, Will était le génie, le bad boy au sourire irrésistible, aux oreilles percées et aux yeux bleus qui hypnotisaient toutes les filles qu'il rencontrait.

Quand j'avais douze ans, Will allait sur ses dix-neuf. Il était venu à la maison avec Jensen quelques jours avant Noël. C'était un adolescent torturé et déjà totalement irrésistible quand il grattait sa basse dans le garage avec Jensen – il flirtait gentiment avec ma sœur aînée, Liv. Quand j'ai eu seize ans, il venait d'obtenir son diplôme et travaillait chez mon père pendant l'été. Son aura sexuelle était si intense que j'ai perdu ma virginité avec un camarade de classe maladroit dont je ne me rappelle plus le prénom, juste pour tenter d'assouvir le désir que je ressentais pour Will.

Je suis presque sûre que ma sœur l'a *embrassé* – Will était trop vieux pour moi de toute façon –, mais dans l'espace secret de mon cœur, je sais que Will a été le premier garçon que j'ai eu envie d'embrasser, le premier garçon qui m'a donné envie de passer ma main sous les draps en pensant à lui dans ma petite chambre sombre.

À son sourire diaboliquement taquin et à sa mèche de cheveux qui lui tombe dans les yeux.

À ses avant-bras musclés et à sa peau soyeuse et bronzée.

À ses longs doigts et même à la petite cicatrice de son menton.

Les garçons de mon âge avaient tous la même voix, celle de Will au contraire était grave et profonde. Son regard était intelligent et complice. Ses mains n'étaient pas toujours en train de gigoter, elles

restaient généralement enfoncées dans ses poches.
Il se mordillait les lèvres en regardant les filles et me
faisait des confidences sur leurs seins, leurs jambes et
leur langue.

Je cligne des yeux vers Jensen. Je n'ai plus seize ans.
J'en ai vingt-quatre aujourd'hui, et Will trente-et-un.
Je l'ai revu il y a quatre ans, à l'occasion du mariage
raté de Jensen, son sourire charismatique n'en était
devenu que plus intense et exaspérant. J'avais surpris,
fascinée, Will sortant d'un vestiaire avec deux des
demoiselles d'honneur de ma belle-sœur.

– Appelle-le, répète Jensen en me tirant de mes
souvenirs. Il sait comment gérer l'équilibre travail-vie
privée. Il habite ici, c'est un garçon bien. Va boire un
verre avec lui, OK? Il prendra soin de toi.

J'essaie de réprimer le frisson qui électrise mon
corps au moment précis où mon frère prononce ces
mots. Je ne suis pas sûre de savoir *comment* je voudrais
que Will prenne soin de moi. Ai-je envie qu'il joue
le rôle de l'ami de mon grand frère? Qu'il m'aide à
trouver l'équilibre dans mon existence? Ou ai-je envie
de regarder avec des yeux d'adulte l'objet de mes
fantasmes les plus fous?

– Hanna, insiste mon père. Tu as entendu ton frère?

Un serveur passe avec un plateau plein de flûtes de
champagne, je troque ma coupe vide pour un verre
rempli de bulles.

– Oui. J'appellerai Will.

POUR CEUX QUI SERAIENT PASSÉS À CÔTÉ DU ROMAN PAR LEQUEL TOUT A COMMENCÉ, OU POUR CEUX QUI VOUDRAIENT LE RELIRE...

LE PHÉNOMÈNE QUI A ENTHOUSIASMÉ PLUS DE DEUX MILLIONS DE LECTEURS AUX ÉTATS-UNIS !

Un boss perfectionniste.
Une collaboratrice ambitieuse.
Un duel amoureux et torride dans l'univers de l'entreprise.

Brillante et déterminée, Chloé, sur le point d'obtenir son MBA, n'a qu'un seul problème : son boss, Bennett. Trentenaire séduisant, arrogant et égocentrique, il est aussi odieux que magnétique. Un *Beau Salaud*.

Après plusieurs années passées en France, Bennett revient à Chicago pour occuper un poste important au sein de l'entreprise familiale – un grand groupe de communication. Comment imaginer que sa collaboratrice, Chloé, serait cette ravissante et exaspérante créature de 26 ans, au charme certain et à l'esprit affûté, qui n'entend rien sacrifier de sa carrière ?

Si Bennett et Chloé se détestent, leur attirance mutuelle, inexorable et obsédante, les conduit à tester leurs propres limites et à enfreindre, une à une, toutes les règles qu'ils s'étaient jusque-là imposées. À une seule fin : se posséder. Au bureau, dans l'ascenseur, dans un parking. Partout...

Arrivés à un point de non-retour, fous de désir, Bennett et Chloé parviendront-ils à mettre leur ego de côté pour décider enfin de ce qu'ils acceptent de perdre ou de gagner ?

« Un parfait mélange de sexe, d'audace et de sentiment. »
S. C. Stephens

CHRISTINA et **LAUREN** ont toujours été fascinées par les romans d'amour. Vivant chacune à une extrémité d'un même État – le Nevada –, les coauteurs et amies communiquent plusieurs fois par jour pour parler de choses essentielles (le vernis à ongles sera rouge pailleté ou ne sera pas), et rêvent de passer le reste de leur vie en Californie, à San Clemente, face à l'océan. Inspirées par *Twilight*, elles ont commencé à écrire des fanfictions en 2009 sous les pseudonymes tby789 (*The Office*) et Lolashoes (*My Yes, My No*), et ont entamé leur collaboration avec *A Little Crazy*. Elles ont retravaillé ensemble la fanfiction *The Office*, devenue célèbre sur Internet, pour donner le jour au roman *Beautiful Bastard*. On les retrouve sur le web – Beautiful-Bastard.com – ou sur Twitter – @seeCwrite et @lolashoes – et sur les sites français : www.beautifulbastard.fr, www.beautifulstranger.fr, www.beautifulbitch.fr, www.beautifulsexbomb.fr.

Retrouvez l'univers de Beautiful Bastard et toute l'actualité sur les auteurs sur les sites :
www.beautifulbastard.fr, www.beautifulstranger.fr, www.beautifulbitch.fr, www.beautifulsexbomb.fr.

LA PRESSE EN PARLE...

BEAUTIFUL BASTARD

« Attention, sex-seller encore plus chaud que *50 Shades.* »   *ELLE*

« Un style fun et punchy, des galipettes dignes de *Sex & the City.* »   *Public*

« Un duel amoureux à dévorer d'urgence ! »   *BIBA*

« Le nouveau phénomène populaire et sexy, un thriller érotique et déjà best-seller annoncé. »   *Voici*

« On est assez fan de cette alternative amour vache. »   *Grazia*

« Le très chaud *Beautiful Bastard*, ce torride duel amoureux mêlant désir et ambition dans l'univers de l'entreprise. »   *Livres Hebdo*

« Du sexe pas cucul. »   *L'Express Style*

« Lorsque le sexe s'installe entre les protagonistes, objectifs professionnels et hiérarchie se trouvent emportés dans un maelström d'élans torrides. »   *Dandy*

« Une romance très canaille. »   *Lire*

« Pas niais et cru à point, *Beautiful Bastard* tient d'un vade-mecum pour déshabillage sauvage. »   *L'Express*

« Vivement le deuxième tome ! »   *Télé 2 semaines*

« *Beautiful Bastard*, il va vous faire lire de plaisir. »   Aufeminin.com

« La machine à fantasmes fonctionne aussi bien que la machine à café. »   Elle.fr

« *Beautiful Bastard*, le roman érotique qui vous prend aux tripes ! »   Maviedefemme.com

« C'est le livre de l'été ! »   « Le Grand Journal » de CANAL+

« On a tous croisé un homme comme ça. Intimidant. Beau. Magnétique. Et de surcroît odieux. On a envie de le punir d'être si beau et si insupportable à la fois. On rêve de le coller au mur ou de le plaquer sur le premier bureau venu. »   *Huffington Post*

« *Beautiful Bastard* est très érotique, mais il se veut aussi tendre, drôle et imaginatif. »   *USA Today*

« Un parfait mélange de sexe, d'audace et de sentiment. »   SC Stephens, auteur de *Thoughtless*

THE OFFICE, PAR TBY789

Au top 10 des fanfictions classiques de *Twific Reviews*

Remanié et disponible en version « livre » :

BEAUTIFUL BASTARD

« *The Office* a ouvert la voie à *Fifty Shades* et à des milliers d'imitateurs. »
Anne Jamison, Université de l'Utah

« Beaucoup de fans considèrent que *The Office* est la meilleure fanfiction de *Twilight*. »
The Hollywood Reporter

« Attention ! *The Office* vous rendra accro… »
Robstenation

« *The Office* m'a passionnée ; j'étais *totalement captivée*. »
Jennifer Grant, *PattisonFilms*

« Et en plus des merveilleuses scènes érotiques, *The Office* est vraiment très bien écrit. *Vraiment très bien.* »
Twidiculous

~

BEAUTIFUL STRANGER

« Ce que j'adore dans le dyptique des *Beautiful* de Christina Lauren, c'est leur humour. En plus des moments torrides et des je t'aime les plus touchants qu'on puisse imaginer. »
Books She Reads

« Encore plus torride, encore plus sensuel, *Beautiful Stranger* sort en France le 10 octobre. »
Biba

« Le plus sexy et glamour des romans de cette fin d'année. »
Le Journal des Femmes

« *Beautiful Stranger*, encore plus hot que le premier tome. »   Public

« Une histoire tout aussi sexy et démesurée que *Beautiful Bastard*, exactement comme on les aime ! »
maviedefemme.com

« Un seul mot : lisez-le ! »
www.zapside.fr

« Un second tome encore mieux réussi que le premier, qui passe avec fluidité d'une série de fantasmes à un amour profond et réciproque. »
www.blue-moon.fr

Pour en savoir plus sur la saga *Beautiful,* les auteurs et toute l'actualité des livres :
www.beautifulbastard.fr, www.beautifulstranger.fr, www.beautifulbitch.fr, www.beautifulsexbomb.fr